D1562723

KANNJAWOU

"Domaine français"

DU MÊME AUTEUR

DEPALE, en collaboration avec Richard Narcisse, éditions de l'Association des écrivains haïtiens, Port-au-Prince, 1979.

LES FOUS DE SAINT-ANTOINE, éditions Deschamps, Port-au-Prince, 1989.

LE LIVRE DE MARIE, éditions Mémoire, Port-au-Prince, 1993.

LA PETITE FILLE AU REGARD D'ÎLE, éditions Mémoire, Port-au-Prince, 1994.

ZANJNANDLO, éditions Mémoire, Port-au-Prince, 1994.

LES DITS DU FOU DE L'ÎLE, éditions de l'Île, 1997.

RUE DES PAS-PERDUS, Actes Sud, 1998 ; Babel n° 517.

THÉRÈSE EN MILLE MORCEAUX, Actes Sud, 2000 ; Babel n° 1127.

LES ENFANTS DES HÉROS, Actes Sud, 2002 ; Babel n° 824.

BICENTENAIRE, Actes Sud, 2004 ; Babel n° 731.

L'AMOUR AVANT QUE J'OUBLIE, Actes Sud, 2007 ; Babel n° 969.

HAÏTI (photographies de Jane Evelyn Atwood), Actes Sud, 2008.

LETTRES DE LOIN EN LOIN. UNE CORRESPONDANCE HAÏTIENNE, en collaboration avec Sophie Boutaud de la Combe, Actes Sud, 2008.

RA GAGANN, pwezi, Atelier Jeudi soir, 2008.

ÉLOGE DE LA CONTEMPLATION, Riveneuve, 2009.

YANVALOU POUR CHARLIE, Actes Sud, 2009 (prix Wepler) ; Babel n° 1069.

LA BELLE AMOUR HUMAINE, Actes Sud, 2011 (grand prix du Roman métis ; prix du Salon du livre de Genève) ; Babel n° 1192.

LE DOUX PARFUM DES TEMPS À VENIR, Actes Sud, 2013.

PARABOLE DU FAILLI, Actes Sud, 2013 (prix Carbet de la Caraïbe et du Tout-Monde) ; Babel n° 1359.

PWOMÈS, pwezi, C3 éditions, 2014.

DICTIONNAIRE DE LA RATURE, en collaboration avec Geneviève de Maupeou et Alain Sancerni, Actes Sud, 2015.

ANTHOLOGIE BILINGUE DE LA POÉSIE CRÉOLE HAÏTIENNE DE 1986 À NOS JOURS, textes rassemblés par Lyonel Trouillot et Mehdi Chalmers, Actes Sud, 2015.

© ACTES SUD, 2016
ISBN 978-2-330-05875-3

LYONEL TROUILLOT

Kannjawou

roman

ACTES SUD

à Sabine, Marie,

à Joanna,

à Maïté et Manoa, à partager avec Mehdi, Jean-Lou et la bande de l'AJS

au poète Jeudi Inéma qui a attiré mon attention sur la vie du grand cimetière

Danser ce blues avec vous, madame,
La terre arrêterait ses horreurs de gloire
Le sang les prisons les naufrages
Le pain qui jamais pour tous ne fut quotidien
Les combats sans lendemain
Et les chagrins qu'on oublie dans la cendre

RAYMOND CHASSAGNE

Si tu me payes un verre, on ira jusqu'au bout,
Tu seras mon ami au moins quelques secondes...

BERNARD DIMEY

I

"C'est en suivant ses lignes de faille, quand on préfère aux choses l'apparence des choses, qu'on se trompe d'itinéraire et devient le clown de soi-même." J'ignore où man Jeanne s'en va chercher des phrases comme ça. S'il faut croire ce qu'elle raconte, elle n'a connu dans son enfance que la peau grise du syllabaire* et un livre de calcul mental s'arrêtant à la règle de trois. Peut-être les adages contiennent-ils quelque vérité, l'âge amène parfois la raison. Et il est de vieilles dames qui, sans avoir rien lu, peuvent se mettre aux heures graves à parler comme un livre.

Assis sur le bord du trottoir, devant la maison de man Jeanne, c'est l'un de nos sujets favoris, avec le petit professeur : les âges et les itinéraires. Pourquoi vas-tu ici et pas là ? Qui en toi est le maître du chemin que tu suis ? Toute marche conduit-elle quelque part ? Popol, mon frère, dit que j'ai fait mes premiers pas à un an. Il y a donc vingt-trois ans que je marche. Je sais exactement le nombre de pas entre le bord du trottoir devant la maison de man Jeanne et l'entrée principale du grand cimetière, entre le grand cimetière et la faculté de linguistique, entre la faculté de

* Les mots suivis d'un astérisque figurent dans le glossaire, p. 195.

linguistique et la succursale de la banque commerciale où des militaires étrangers en uniforme entrent parfois avec leurs armes, entre la succursale de la banque commerciale et mon bord de trottoir. Je sais aussi que, depuis l'enfance, tous mes pas me ramènent au bord du trottoir, devant la maison de man Jeanne. Mon lieu de méditation où, sentinelle des pas perdus, je passe mon temps à cogiter sur la logique des parcours. Sentinelle des pas perdus. C'est le petit professeur qui m'appelle ainsi. Pourtant il est comme moi, avec trente ans de plus. Ou je suis comme lui, avec trente ans de moins. Sentinelles des pas perdus. Sans pouvoir rien y changer, nous passons beaucoup de temps à deviser sur les itinéraires. Et le soir, nous nous posons des questions qui restent sans réponses. Quel chemin de misère et de nécessité a emprunté un garçon né dans un village du Sri Lanka ou dans un bidonville de Montevideo pour se retrouver ici, dans une île de la Caraïbe, à tirer sur des étudiants, détrousser les paysannes, obéir aux ordres d'un commandant qui ne parle pas forcément la même langue que lui ? Quel usage est fait de la part de sa solde qu'il envoie dans son pays à une mère ou une épouse ? Son premier viol, l'a-t-il commis dans son village natal, sur une amie d'enfance ou une petite cousine ? Ou est-ce une habitude venue avec l'éloignement, l'inconfort des baraques en pays inconnu ? A-t-il été entraîné par ses pairs ? Quand on se meurt d'ennui et qu'on possède des armes, la violence peut servir de passe-temps collectif. Et cet énième adolescent, retrouvé mort à côté de la base militaire où sont consignés les soldats nés au Sri Lanka, à Montevideo, ou ailleurs dans le vaste monde, quel besoin de caresses ou d'argent, ou peut-être de voyage, l'a poussé dans les bras de ses violeurs ? Entre Julio, le garçon le plus solitaire de la rue de l'Enterrement qui cache aux autres et à lui-même qu'il n'aime pas les filles, parce que même dans notre rue surpeuplée de vivants et de morts, il y a de la place pour les secrets, et ces garçons qui dorment dans le lit des militaires en mal d'exercice et des hauts fonctionnaires de l'Occupation, lequel habitera jamais en souverain ses désirs et son corps ? Et cette jolie porte-parole venue de Toronto ou de Clermont-Ferrand qui calmera les médias, parlera de l'enquête en cours sur la mort de l'adolescent, des premières données qui mènent forcément sur la piste du suicide, à quel âge a-t-elle appris à mentir ? Ment-elle aussi sur ses amours, ses désirs ? Qu'est-ce qu'être ? Entre le voyage tournant à la catastrophe et l'enfoncement dans le sur-place, quelle est la défaite la plus lourde ? Quel avenir attend une fille qui a grandi à la rue de l'Enterrement, dans le voisinage des morts pourrissant dans les tombes du grand cimetière ? Je pense à Sophonie et à Joëlle, les deux femmes que j'aime. Je crois que je les ai toujours aimées, sans éprouver le besoin de choisir ni même de les toucher. Quels lendemains se forgeront-elles ? Je pense aussi à la petite brune qui travaille pour la mission civile des Nations unies, que j'observe tous les mercredis, si triste et si fière au volant de son véhicule de service. Quel parcours fait d'arrogance et de déprime a-t-elle suivi de la banlieue parisienne à son poste actuel, de son enfance à la bière du mercredi soir au restaurant-bar le "Kannjawou" ? Et moi, où vais-je ? Pour l'instant, j'habite ce journal que je tiens pour fixer mon regard sur ma ville occupée, sur mon quartier habité par autant de morts que de vivants, sur les allées venues de milliers d'inconnus que je croise, sur d'autres que je n'ai jamais vraiment croisés. On ne peut que deviner leur présence derrière les vitres fumées des voitures de luxe et des véhicules officiels. Aujourd'hui je végète sur mon bord de trottoir en jouant au philosophe. Mais demain, qui serai-je ? Et comment, comme tout le monde, habiterai-je en même temps la vérité et le mensonge, la force et la lâcheté ? Quel soi-même on finit par être, au bout de quel parcours ?

Le petit professeur est arrivé avec les mêmes questions, venant d'un autre âge et d'un autre quartier. Et le soir, quand il me laisse sur mon bord de trottoir et retourne à la solitude de sa bibliothèque, je sais qu'il emporte nos questions avec lui. Moi, je reste à écouter les bruits du cimetière. Si jamais j'écris un roman, comme me le suggèrent man Jeanne, Sophonie et le petit professeur, le cimetière en sera le personnage principal. T,out grand personnage a deux vies, deux visages. Le cimetière a deux vies. Une, de jour. Officielle. Avec les cortèges. Les chagrins exposés à la clameur publique. Les prises de parole des personnes autorisées. Les consignes sur les normes, les placements et les emplacements. Les fanfares et les belles scènes de désespoir, comme un grand théâtre de rue où chacun sait exactement le rôle qu'il doit tenir : à quel moment telle dame doit perdre son chapeau, telle autre lever les bras au ciel. Les horaires que doivent suivre les morts et leurs accompagnateurs. Le jour, comme un humain, le cimetière prend le temps de soigner son image. Mais la nuit, quand finit le spectacle, il a une autre vie. Plus secrète mais plus vraie. Folle. Les coups de pioche des voleurs de cercueils. Les blagues qu'ils se font.

Leurs rires quelquefois, un peu de bruit pour respirer, le silence leur rendrait la mort trop présente. Les ombres qui murmurent des prières à des dieux qu'on n'évoque pas devant tout le monde. Les sans-logis ou les voyous qui s'engouffrent dans une tombe qu'ils appellent "leur appartement".Les bougies noires. Man Jeanne raconte qu'autrefois il venait souvent dans les allées du grand cimetière, après le coucher du soleil, des ministres et des généraux, des artistes et des hommes d'affaires. Des pilleurs de talent qui gâchaient le métier de voleur de cercueils en s'en prenant à tel mort en particulier, pour lui enlever telle partie du corps, une main s'il écrivait bien, son bon pied s'il était joueur de foot, tel objet qu'il portait comme un talisman. C'est une faiblesse chez les vivants de vouloir usurper les qualités des morts. Accompagnés de subalternes, magiciens et tueurs à gages, ils venaient s'assurer que tel ennemi ou concurrent ne se réveillerait jamais plus, ou tentaient d'extorquer au mort le secret de sa réussite. Il serait même venu des dignitaires de pays étrangers pour voler des idées aux génies décédés. L'universel est fait des croyances les plus folles et des vices les plus pervers. Mais aujourd'hui les pilleurs de talents se font rares. Nos morts n'ont plus d'attraits. Les riches, les surdoués et autres personnes de qualité s'en sont allés mourir ailleurs. Ici, la richesse et la pauvreté, la réussite et la défaite se livrent depuis toujours une guerre de mouvement. Plus je suis riche, plus je m'éloigne. Attrape-moi si tu peux. Le grand cimetière n'est plus le tombeau des grands hommes. Ses nouveaux habitants et leurs visiteurs sont des anonymes aux destins bien modestes. On n'y enterre plus que des petites gens décédés de maladies ordinaires qu'un médecin aurait pu guérir. Des petits défunts sans importance qui n'ont rien inventé et ne méritent aucune place dans les anneaux de la mémoire.

Cette habitude du journal, elle m'est venue depuis l'enfance. Pour mes six ans, Sophonie m'avait offert un carnet. Sophonie a toujours eu le don de devancer les gens en comprenant leurs besoins, leurs attentes, avant qu'eux-mêmes en aient conscience. Je me rappelle le lion de la couverture et le rire de mes camarades de classe. Écrire n'est pas une chose courante à la rue de l'Enterrement. C'est une folie rare, et l'on devient un peu étranger en passant du temps loin de l'agitation des fêtes et des bagarres. Dans mon enfance, pour écrire, j'allais me réfugier chez man Jeanne. Elle me laissait griffonner mes bêtises en silence. Puis venait le moment où elle ne pouvait s'empêcher de parler de la première Occupation. Elle ne disait pas "la première", vu qu'elle ne s'attendait pas à une deuxième. Je n'oublierai pas le jour du débarquement des troupes étrangères. Elle s'est enfermée dans sa chambre avec sa chatte, Fidèle, et n'a pas prononcé un mot durant toute la journée. Je crois que c'est le seul jour où je l'ai vue pleurer. J'avais treize ans. Je n'avais jamais vu autant d'armes et de chars, sauf dans les films. Popol, Wodné et Sophonie essayaient de mobiliser les jeunes en leur disant : il faut faire quelque chose. Joëlle et moi, nous les suivions, sans savoir quoi dire. Nous n'avions pas le langage. Deux ou trois ans peuvent faire une grande différence quand il s'agit d'appeler à la mobilisation. Mobilisation, c'était le mot d'ordre. Mais nous n'avons "mobilisé" qui que ce soit. Les adultes, le cordonnier, les croquemorts, la marchande d'aka-san*, le vieux relieur qui n'avait déjà plus beaucoup de vieux livres à relier, nous ordonnaient de leur foutre la paix, en nous criant qu'il ne restait plus rien à préserver. Ni rêves. Ni dignité. Les gamins menaçaient de nous casser la gueule. Seul Julio avait accepté notre invitation. Il préfère les garçons, mais pas les crânes rasés. Elles n'étaient pas nombreuses, les voix qui protestaient. C'était comme si les gens s'étaient couchés. Comme si c'était le monde entier qui avait pris possession de nos rues. La ruse de l'occupant, c'était cette pléthore de drapeaux, de couleurs, d'uniformes. Le sourire amical des généraux et des porte-paroles. Les discours d'amitié et le multilinguisme. Comment se révolter contre un ennemi qui change sans cesse de ton et de visage ? Devant les grands malheurs, le pire, c'est sans doute l'impuissance. Tout se jouait au-dessus de nos têtes. Au propre comme au figuré. Les avions et les hélicos. Et les dirigeants du pays qui avaient dit : oui, vous pouvez entrer. Et les profs de cours privés d'anglais et d'espagnol faisant soudain fortune. Popol, Sophonie et Wodné, nos leaders à Joëlle et à moi, vivaient mal l'échec de leur première initiative. On peut avoir quinze ans, aimer son pays et se demander qu'est-ce qu'un temple dont les gardiens se transforment en marchepieds, en lèche-bottes ? Dix ans plus tard, ce sentiment d'abandon, et surtout cette colère ne nous ont jamais quittés. En colère contre tout, contre tous et nous-mêmes. Cette colère nous tuera ou nous fera tuer en se trompant peut-être de cible. Je crois aussi que l'impuissance nous a un peu divisés. C'est à ce moment-là que les premiers conflits ont apparu entre Popol et Wodné. Avant, rien ne les avait jamais séparés. La défaite amène la division, et au bout du combat perdu tel reproche à tel compagnon de s'être mal battu. Parmi les adultes, seule man Jeanne nous avait bien accueillis. Le soir du débarquement, elle est sortie de sa chambre, nous a fait signe de monter, nous a offert du thé, et elle a dit : "Petits, c'est une terre sans *à la tête*. Regardez ces gens qui marchent dans la rue. Personne ne veille sur eux, ne se bat pour eux. Et c'est comme ça depuis toujours. Alors, tous les rapaces leur tombent dessus. Vous allez souffrir. Nous allons tous souffrir. La souffrance a besoin d'air, d'espace. Soit on la crache, soit on étouffe. Alors, quand viendra l'heure du crachat, n'allez pas vous tromper de cible."

Quand on est en colère ou seul dans une impasse, on croit que les choses sont les mêmes depuis toujours. Lasse de chercher sans cesse le mot juste et la bonne attitude, man Jeanne crie quelquefois que, de son enfance à nos jours, ça a toujours été la même chose. Pourtant c'est bien elle qui m'a dit que, même sous l'apparence du vide, il y a du mouvement. C'est bien elle qui m'a raconté les actions de résistance contre la première Occupation. C'est bien elle qui m'a dit de ne pas cracher sur les mauvaises cibles. On ne peut demander à qui que ce soit, même à une force comme man Jeanne, d'être lucide à cent pour cent, vingt-quatre heures sur vingt-quatre. On a tous droit à l'affaissement. Lorsque Popol, Wodné et Sophonie ont commencé à s'intéresser à la politique, ils ont fait des recherches. Joëlle et moi les suivions partout, dans leurs marches et dans leurs pensées. Nous avons ainsi appris l'histoire des combats perdus, des vies sacrifiées, des efforts de celles et ceux qui ont rêvé d'une vie meilleure pour tous. Depuis toujours. Avant, après, pendant les périodes de dictature. Avant, pendant, après la première Occupation. Il y a toujours eu des braves pour dire non. Le petit professeur a combattu aussi, à sa façon. Il y a dans un coin de sa bibliothèque, comme une relique, une vieille machine à ronéotyper, et je suppose qu'elle a dû imprimer bien des tracts et des journaux clandestins. J'ai aussi rencontré chez lui un vieil homme qui parle peu. Mais je sais qui c'est. Monsieur Laventure. La dictature lui a volé sa femme. Trois ans au pénitencier. Personne ne l'avait vu depuis son incarcération, et tous le croyaient mort. Un jour il a ressuscité. Maigre. Un filet d'homme. Il avait été maintenu en isolement. Sa veuve avait épousé son meilleur ami et son plus vieux compagnon de lutte. Ils sont encore ensemble, et lui est resté seul, tout en reprenant la lutte à leur côté. J'ai peur de l'approcher et n'ai jamais osé demander au petit professeur de faire les présentations. Ce n'est pas facile de voir une légende de près. Un héros qui a mené une vie de lutte et de sacrifices. C'est ainsi qu'on parle de lui dans les milieux dits progressistes. À la fac. J'ignore ce qu'il y a entre lui et le petit professeur. Le petit professeur ne s'est jamais présenté comme un "militant". Même chez l'être le plus ouvert, il demeure une part de mystère. Et eux, la clandestinité, c'était leur survie. Ils ont gardé leurs réflexes d'hier. La dictature, tu parles, tu meurs. Le petit professeur raconte en souriant que, dans sa jeunesse, quand ils étaient plus de trois et que l'un d'entre eux gardait le silence, peu importe s'ils parlaient foot, études ou amourettes, les autres lui demandaient d'ouvrir la bouche et de dire quelque chose, n'importe quoi. Une blague sur le temps, un psaume ou une fable de La Fontaine. Parce que, si la police politique les arrêtait à l'issue de la conversation, les tortionnaires leur demanderaient de rapporter fidèlement les propos tenus par chacun. "Il faut que tu dises quelque chose, que l'on n'ait pas à inventer ou se prendre des coups pour payer ton silence." Aujourd'hui, on peut parler. Tout le monde parle. Un prof plus préoccupé de sa carrière que de la vie des autres peut jouer au révolutionnaire le temps d'un cours. À chaque coin de rue, se tient un homme ou une femme qui harangue les passants pressés. Le personnel civil de l'Occupation multiplie les colloques, les séminaires auxquels participent, dociles, des cadres nationaux demandeurs d'emploi. Les déclarations d'intention ne manquent pas. On entend même dix ans trop tard des voix qui dénoncent l'occupant. Tout le monde parle. Et la parole permet de gagner des bons points dans la course au paraître. Ça s'appelle la démocratie. Tu mens et tout le monde t'écoute. Tu dis la vérité, et plus personne n'écoute. Et on te répond par la voix très douce d'une jolie porte-parole au teint hâlé de vacancière, que c'est bien que tu t'exprimes. Mais les fusils restent. Et les chars. Et le malheur. Et le chacun pour soi. Aujourd'hui, c'est fou ce que l'on parle, mais parler sert-il encore à quelque chose ? Parfois, le petit professeur et moi nous habitons le silence sur mon bord de trottoir. J'aime cet homme, pourtant. dans le fond, je ne le connais pas bien et ne le comprends pas toujours. À lui aussi je pourrais poser la question des itinéraires imprévus que suivent les pas des hommes. C'est vrai qu'il vient de l'autre moitié de la ville, et, ici, chaque quartier est un monde, avec ses lois, ses codes.

Le petit professeur est né ailleurs. En haut, dirait Wodné qui divise la terre entière en deux régions : en bas, en haut. C'est une géographie toute simple, implacable, qu'il applique aussi aux humains. Ceux d'en bas. Ceux d'en haut. Il prétend que c'est une faute de vouloir traverser la frontière. Que, lorsqu'on change de côté, c'est impossible de revenir. Chaque humain doit vivre à sa place. Ne pas forcer sa ligne de chance en entrant dans le monde des autres. Sophonie nous revient souvent avec les histoires des clients qui fréquentent le bar où elle travaille. Wodné ne les écoute jamais. "Les tristesses des clients ne sont pas celles des serveuses. Des Blancs. Ou des presque Blancs. C'est un bar d'occupants et d'assistants aux occupants. De connectés." Je ne peux dire qu'il a tort quand il souligne les différences. Et c'est vrai que l'argent que boivent les clients du bar, c'est notre pauvreté qui le leur procure. Le "Kannjawou". C'est un beau nom qui veut dire une grosse fête. Mais la rue de l'Enterrement n'y est pas invitée. Les fêtes des riches sont payantes. Quand les pauvres s'en approchent, il suffit de monter les prix pour les décourager. Sophonie est la seule du quartier à entrer au "Kannjawou". Et Popol et moi qui l'accompagnons le mercredi parce qu'elle finit très tard. Mais elle ne passe pas par l'entrée principale. Comme les domestiques, autrefois, dans la maison du petit professeur, qui n'avaient pas droit à l'entrée principale. Le petit professeur consent de temps en temps à me parler de son enfance. Son père était notaire public. À l'époque où, sans être forcément riches, les notaires publics étaient des latinistes et des érudits intégrant des citations de Bourdaloue ou de Montesquieu dans n'importe quelle conversation. Montesquieu tous les soirs à table. Citations suivies d'exégèses. Et sa mère lui enseignait des maximes du genre : ce n'est pas la bouche qui va à la fourchette, c'est la fourchette qui monte à la bouche. Il en rit et avoue avoir un peu déçu ses parents en choisissant ce dur métier de professeur. Il croit que c'est la faute aux romans. Il en a lu beaucoup dans son enfance. Trop peut-être. Pour imaginer autre chose, un monde, une lumière, au-delà des règles de maintien, des vices de procédure et de la jésuitique. Il en lit encore et m'en prête autant que je veux. Je vais en emprunter chez lui, ou il m'en amène. Les romans. C'est une des choses qui nous lient. Lui, un presque riche qui avait dans son enfance le luxe de choisir lequel de ses deux parents il préférait, habite un quartier où poussent encore des fleurs, une maison à étage avec une chambre d'amis, possède une voiture qu'il utilise rarement, une bibliothèque qui compte plus d'ouvrages qu'il y a de tombes dans le premier carré du grand cimetière qui ferme notre rue. Et moi, un petit gars de la rue de l'Enterrement qui n'a jamais eu pour parents que son frère Popol, n'a pas toujours mangé à sa faim, à qui personne n'a jamais enseigné l'art de tenir une fourchette. Dans son enfance, il lisait pour tromper l'ennui. Moi, souvent pour tromper la faim. La vérité est que, fils de rien ou fils de notaire, on a besoin de beaucoup de phrases et de personnages pour constituer dans sa tête une sorte de territoire rempli de caches et de refuges. N'en déplaise à Wodné qui déteste que les gens bougent, nos têtes sont pleines de voyages. Le petit professeur et moi, lui dans sa chambre de fils de notaire où sa mère allait le border et éteindre la lumière, moi sur mon bord de trottoir ou dans la maisonnette sans douche ni WC que je partage avec Popol, nous fûmes à l'occasion bretteurs et astronautes, révoltés et passifs, inventeurs, chevaliers servants, évadés de prison, poètes et mercenaires. Qu'importe si nos raisons sont différentes, le petit professeur et moi nous avons beaucoup marché dans le monde des livres, rencontrant là beaucoup de gens dont les destins nous hantent comme ceux des vivants.

Pour qui irait feuilleter les pages de ce journal, la lecture ne présenterait peut-être aucun intérêt. Il ne s'y passe rien. Rien, en tout cas, qui vaille la peine d'être conté. Un pays occupé est une terre sans vie. Je pourrais consigner que le vieux relieur ne survit que grâce aux travaux que lui amènent le petit professeur et quelques érudits. Qu'il ne voit plus très bien, ne maîtrise plus ses gestes et qu'à la remise des ouvrages, ses rares clients constatent que le titre et le livre ne correspondent pas. Je pourrais consigner que le cordonnier, lui, n'a pas trouvé de mécènes et a fermé boutique. Que la bande de Halefort travaille à un rythme effréné et détrousse les morts à une vitesse d'usine. Qu'il se joue encore des matchs au stade, et que des joueurs puissants mais maladroits tirent parfois des boulets qui passent au-dessus des gradins et s'envolent vers le cimetière. Que nos deux grands voisins, le stade et le pénitencier, ont des destins contraires. Les gradins du stade n'accueillent plus grand monde, et le pénitencier ne désemplit pas. Au contraire, sa population ne cesse d'augmenter. Tout cela est. Et d'autres choses encore. Mais un pays occupé est une terre sans ciel et sans ligne d'horizon où il est faux de croire que tant qu'il y a de la vie, il y a de l'espoir. Tout ce que je pourrais consigner dans ce journal ne serait que l'expression du désespoir ou le combat pour la survie. À l'aube, à la rue de l'Enterrement, les fenêtres s'ouvrent sur des visages tristes. Les femmes sortent dans la rue pour balayer les devantures de leurs maisons, avec des gestes mécaniques. Elles échangent des saluts aussi mécaniques que leurs gestes et chantent parfois des mélopées plus tristes que les chants qui accompagnent les morts. L'Occupation, c'est le calme plat. La ville est devenue une vaste prison où chaque détenu cherche son coin de vie en se méfiant des autres. Il n'est pas donné à tous le pouvoir sur eux-mêmes de faire un détour pour penser à autre chose qu'à leur survie. Sophonie et le petit professeur sont mes héros. Parce qu'ils sont capables de tels détours. Sophonie, c'est toute une famille. Depuis longtemps. Le pain de Joëlle et de leur père, Anselme, c'est elle. L'idée du Centre pour les gamins, c'est elle. La gestion des conflits au sein de notre groupe d'étudiants et de jeunes, c'est elle. La confiance en lui-même acquise par Popol et l'idée qu'il développe d'un agir utile et modeste, c'est elle. Je m'en veux de lui préférer Joëlle quand ce sont mes yeux et mon corps qui pensent. On peut aimer deux personnes en même temps, peut-être pas de la même façon. Depuis l'enfance, j'ai aimé Sophonie avec trop de respect et Joëlle avec trop de complaisance. Dans l'ombre. Dans la solitude de mes carnets. Et quand j'ai voulu les aimer en vrai en souhaitant leur tenir la main ou tenter de les embrasser, Popol et Wodné m'avaient devancé. Dans le groupe, je suis le petit dernier. Et le scribe. Man Jeanne m'encourage. Écris la rage, le temps qui passe, les petites choses, le pays, la vie des morts et des vivants qui habitent la rue de l'Enterrement. Écris, petit. J'écris. Je note. Mais ce n'est pas avec des mots qu'on chassera les soldats et fera venir l'eau courante. Hier, ils ont encore attaqué des manifestants avec des balles en caoutchouc et des lacrymogènes. Peut-être qu'un jour c'est eux qui nous chasseront.

Le petit professeur a fait un grand détour pour venir jusqu'à nous. Un jour, dans la cour de la fac de sciences humaines, il a entendu Popol parler de l'association culturelle que nous avons créée pour les jeunes du quartier. Devant l'échec du politique on se réfugie quelquefois dans des chansons et des poèmes. Le Centre nous donne le sentiment d'être en vie et de pouvoir agir sur quelque chose. Popol s'adressait à un prof qui fait office de gourou auprès de quelques étudiants. Un gueulard qui appuie parfois nos manifs sans marcher avec nous, n'a jamais rien donné à qui que ce soit, à part des notes d'excellence non méritées à ses étudiants. Il est né dans une rue comme la nôtre. Il y en a beaucoup des comme lui qui enseignent à la fac. Qui jouent aux progressistes sans avoir trop envie de revivre leur passé. D'ailleurs, ils n'ont pas de passé. Le gueulard, il est né à trente ans lors de son premier voyage à l'étranger. Sa bourse a accouché de lui. Là-bas il a appris que tous nos malheurs, la pauvreté, l'Occupation, nous viennent d'un déficit chronique de "pensée scientifique". "Vous avez créé un Centre culturel pour les jeunes de votre quartier ? Votre démarche est-elle fondée sur une pensée scientifique, ou est-ce

encore une de ces initiatives folkloriques sans intérêt pour la modernité et le développement ?" Toutes
ses phrases commencent par "pensée scientifique".
Il n'a jamais visité notre Centre. Trop peu pour lui.
Occupé à répéter devant son miroir des poses et des
expressions toutes faites et à s'inventer un accent qui
n'existe que dans sa bouche. Le gueulard spécialiste
en "pensée scientifique" n'est jamais venu à la rue
de l'Enterrement. Mais un samedi nous avons vu
le petit professeur arriver avec des cartons de livres.
Étonné mais poli, Popol lui a fait visiter nos locaux.
Les choses ici sont si petites, dégradées ou bancales
que c'est presque de la vanité de leur donner un
nom : atelier, chambre, salle de rencontres. Ici, à part
le grand cimetière qui ressemble à ce qu'il dit être, le
nom qu'on donne aux lieux ne correspond jamais à
la réalité. Nos locaux ! Un couloir entre deux maisons. Pas même un corridor. Un dégagement intra-
muros recouvert de quatre bouts de tôle. Des chaises
dépareillées. Des trous dans les murs. Quelques livres
sur une étagère qui penche. Un non-lieu transformé
en espace de discussion, malgré la chaleur quand il
fait soleil et les gouttières quand il pleut. Pour déco-
ration, la banderole délavée, avec les mots : "À bas
l'Occupation", des dessins d'enfants, une photo qui a
mal vieilli, sur laquelle on distingue à peine les traits
de Charlemagne Péralte*, dont seule la moustache
est encore visible.

— Est-ce vrai que sa tombe fut creusée plus loin
dans la terre que celles du grand cimetière ?
— Oui. Puisqu'il faut parler de ces choses, jamais
tombe ne fut creusée avec autant de rage. Profonde
comme un gouffre. Comme pour noyer le corps

dans le ventre de la terre. Mais ce n'est pas avec les pioches qu'on enterre les légendes.

— Alors, on accroche sa photo. Et personne ne badine avec sa moustache avec de l'encre ou des crayons. De toute façon, on n'a ni encre ni crayons.

C'est Hans et Vladimir qui parlent comme ça. Deux des plus futés et des plus habiles dans le lancer des pierres. Ils sont célèbres pour avoir brisé les vitres d'un camion militaire. Man Jeanne a donné une fête en leur honneur avec des gâteaux et des liqueurs. Au nom des autres, ils ont souhaité la bienvenue au petit professeur et l'entente fut scellée par des poignées de main. L'enfance a aussi ses leaders. Et, pour choisir, contrairement aux faux sages qui hésitent, tergiversent, ils sont assez intelligents pour reconnaître leurs amis et aller vite au cœur des choses.

Dès sa première visite, les enfants ont choisi le petit professeur. Le samedi suivant, il est revenu. En bras de chemise. Avec une reproduction plus grande de la photo de Péralte, des crayons et du papier couleur. Il a aidé Popol à réparer l'étagère et à en installer de nouvelles. Puis il a fait la lecture aux enfants.

— Dis, le petit professeur, tu reviendras ?

Il leur a répondu qu'il reviendrait. Depuis, la rue de l'Enterrement est un peu devenue sa rue, et tout le monde l'appelle le petit professeur. Il vient tous les après-midi. Le soir, nous devisons lui et moi sur les âges et les itinéraires. Wodné, qui préside notre association et prend son titre très au sérieux, lui cherche des motifs cachés et me conseille de me méfier. Pourquoi un prof, fils de notaire, un héritier des beaux quartiers, voudrait-il lier amitié avec des petits gars de la rue de l'Enterrement ? Je ne sais pas pourquoi. Ou il y a beaucoup de pourquoi. Sans doute vient-il pour voir Joëlle. Il leur arrive de discuter, et elle ne peut pas ne pas voir avec quels yeux il la regarde. Tout le monde voit comment il la regarde. Les enfants. Man Jeanne. Même le vieux relieur qui ne voit plus grand-chose. Wodné aussi le voit et ne supporte pas la tendresse et l'éblouissement qu'il y a dans le regard. "La haine raisonnée est une arme redoutable", écrivait un grand philosophe. Wodné a la haine. Elle a grandi avec le temps. Que veut le petit professeur ? Sans doute, comme beaucoup de gens, s'est-il trompé d'itinéraire. Ou il a le cœur qui navigue à vue. Se laissant guider par ses pas. Sans penser plus loin que le plaisir des enfants et nos conversations du soir. Sans rien planifier. Comme Sophonie. Qui n'a toujours pas appris à se préserver. Travaille. Suit des cours par correspondance, fait du bénévolat pour des associations de défense des droits de la femme, s'occupe d'Anselme. Sans planifier. Il est des gens qui sont là. Comme ça. En vrai. Et d'autres dont la présence est un mensonge. Une illusion. Efficace, quand elle trompe tout le monde. Ridicule, quand elle ne trompe que son porteur. Comme ce gueulard né dans une section rurale qui roule les airs devant son miroir, vante l'esprit scientifique de l'occupant, et joue au brave lorsqu'il n'y a rien à craindre. Il y a aussi ceux qui renvoient leur présence à demain. Quand les conditions seront réunies. À la fac, nombreux les profs et les étudiants qui répètent cela : quand les conditions seront réunies. Tu viens à la manif ? *Quand les conditions seront réunies.* Tu nous aides à monter une association avec les gens du quartier ? *Quand les conditions seront réunies.* On fait quoi pour chasser l'occupant ? *Attendre que les conditions soient réunies.* Je ne fréquente plus la fac. Je fais semblant de travailler sur un mémoire consacré à l'histoire du grand cimetière. Mais je vois trop comment ça se passe. Des papiers, j'en ai déjà rédigé beaucoup. Je fais ça pour gagner ma vie. Pour des gosses de riches qui préparent leur avenir en me payant pour écrire des devoirs qu'ils signent. Cela peut servir de savoir aligner des phrases. Je ne me débrouille pas mal. Les pauvres, ceux de la rue de l'Enterrement ou des quartiers semblables au nôtre, je le fais presque gratos. Mais je ne pense pas à l'avenir. Pas besoin d'avoir un diplôme pour voir que les conditions du malheur sont réunies depuis longtemps et qu'elles perdurent. Pas besoin d'avoir un diplôme pour savoir que les titres valent plus que le savoir, et que c'est une guerre entre nous de la rue de l'Enterrement et des quartiers semblables au nôtre pour arriver le premier au titre de maître ou de docteur et fuir sans se retourner, sans jamais se retourner pour regarder les autres qui courent dans son dos. Je n'ai pas d'ambition. Vivre ? Se procurer un peu de bonheur. Au jour le jour. Le peu qu'on peut. Voir rire les enfants. Contempler Joëlle en sa beauté. Marcher dans la nuit avec Popol et Sophonie. Boire le thé de man Jeanne. Bavarder le soir avec le petit professeur. Dans le fond, je n'ai pas besoin de grand-chose. Noter les choses dans mes carnets. Se peut-il qu'à mon âge le temps de vouloir soit déjà passé ?

Man Jeanne affirme qu'on se trompe tous sur quelque chose lorsqu'on élabore trop de plans. Nos actions, c'est bien de les entreprendre d'instinct, sans prétendre les insérer dans une logique d'avenir. Man Jeanne ne dit rien qu'elle ne sache illustrer, accompagner d'exemples. Elle évoque le destin de morts tristes, victimes des aléas de la spéculation. Au temps où le cimetière attirait les riches autant qu'un site touristique, des parents à la fois fortunés et prévenants avaient laissé à leurs enfants à naître ou en bas âge une tombe en héritage dans le grand cimetière. Un titre de propriété confié parfois à un notaire ou rangé dans le coffre des trésors familiaux. Donnant droit à une fosse suffisamment vaste et profonde pour accueillir plusieurs générations, au bout d'une allée fleurie, dans le meilleur coin du cimetière. Le calcul semblait juste. Le nombre des vivants augmentait rapidement, et tous devant mourir un jour on pouvait supposer que le chaos total qui régnait dans la ville gagnerait un jour le cimetière. Des gens se marchant dessus. Des lits de fortune que l'on occupe à tour de rôle, ne dormant qu'une moitié de nuit. Un vacarme perpétuel qui n'annonce rien de bon pour le repos des morts. Les riches n'aiment pas la foule.

Pour se mettre à l'abri des invasions barbares, il fallait des mesures de protection du territoire. Grillages, béton, parterres. Assurer pour sa descendance. Mais le temps pour les héritiers de naître, de vivre et de mourir, ils découvraient que les fleurs qui bordaient autrefois les allées avaient séché. Le bleu roi avait pâli et l'on voyait sous la peinture la couleur triste de la pierre. Mille saisons de pluies avaient noyé le gravier et le gazon dans une mer sale. Du petit palais construit pour leur servir de dernière demeure, ne restait qu'un réduit aux dehors délabrés, exilé dans un marécage. Les riches qu'on enterre aujourd'hui au grand cimetière au bout de la rue de l'Enterrement sont jugés comme des déclassés. S'ils avaient pu choisir sans trahir l'esprit de famille, ils auraient boudé leurs propres funérailles et suivi l'exemple des nouveaux riches qui, même morts, fuient la vieille ville, et se payent des tombes dans le nouveau cimetière. Plus au nord. Le beau cimetière couché sur des terres agricoles achetées aux paysans. Trop éloigné pour les piétons, et éclairé la nuit comme un arbre de Noël.

Man Jeanne a raison. Les choses changent parfois si vite qu'on a tort de croire les devancer par la pensée. Le cimetière où finit notre rue s'appelait autrefois le cimetière extérieur. Aujourd'hui plus personne ne l'appelle ainsi. Des maisons ont poussé à la place des arbres, au sommet des collines. À la différence des arbres, les humains n'ont pas les pieds incrustés dans la terre. Ils ne savent que marcher dessus. Alors elle se venge. Et chaque pas de l'homme soulève la poussière. Les jours de grand vent, de gros grains descendent des collines et laissent une poudre blanche sur les chapeaux noirs des dames et les vestes sombres des messieurs. Dans notre enfance, nous de la bande des cinq, nous aimions grimper au sommet des collines pour regarder les morts de plus loin. Et le stade. Et les deux cathédrales, l'ancienne et la nouvelle. Et l'immeuble de la Direction générale des impôts. Nous avions la ville à nos pieds. Deux villes. Celle que nous connaissions. Et celle que nous ne pouvions qu'imaginer. Nous sommes d'une ville où se côtoient des cités interdites. Dans nos randonnées, nous traversions parfois un quartier avec des portails hauts comme les murs du pénitencier et des chiens qui aboyaient fort et restaient chez eux. Nous savions avoir dépassé les limites de notre ville à nous. On n'entre pas à cinq dans l'autre moitié de la ville. C'est un chemin de solitude qui ne va pas sans trahison. Nous ignorions cela. Nous constituions la bande des cinq. J'avais emprunté l'expression à une de mes lectures et trouvais que ça nous allait bien. L'âge convenait. Même si nous n'avions pas de père savant perdu dans ses travaux. Même pas de père du tout, sauf Anselme, le père de Joëlle et de Sophonie qui avait dit la bonne aventure pour gagner sa vie avant de tomber malade et jurait qu'un jour il récupérerait les terres qu'on lui avait volées dans la région de l'Arcahaie. Anselme vieillissait mal. La goutte et le délire. Les filles avaient un père dont elles devenaient la mère. Mais l'enfance est rebelle et se venge du réel en inventant l'avenir. Nous inventions l'avenir. Joëlle parlait des beaux messieurs qui l'emmèneraient loin. Wodné et Popol dessinaient des paysages dans leurs têtes. Wodné voulait des gratte-ciels et des autoroutes. Popol jugeait que les villes de Wodné manquaient de couleurs tendres et de fantaisie. Sophonie disait que les rêves, il ne faut jamais attendre qu'ils adviennent, ni en laisser la responsabilité à quelqu'un d'autre. Si elle souhaitait partir, elle n'attendrait personne pour lui servir de guide. Elle rapportait de nos randonnées des fleurs qu'elle gardait en vie dans des pots qu'elle posait sur le bord de la fenêtre de la chambre d'Anselme. Les quatre parlaient tout le temps de transformer le monde. Des études qu'il faudrait entreprendre. "C'est avec le savoir qu'on peut changer les choses." Des actions qu'il faudrait mener. Ils citaient des noms de héros qui allaient leur servir d'exemples. Moi, je buvais leurs paroles. Autrement, j'étais perdu dans mes romans et n'en sortais que pour me poser une question à laquelle je n'ai toujours pas de réponse : laquelle des deux sœurs était ma préférée ? Joëlle était l'espiègle qui n'avait peur de rien. Elle avait tout appris très vite. Plus vite que les autres. Au CP2 elle les avait déjà rattrapés et tenait la tête de la classe. J'aimais l'entendre discuter à égalité avec les aînés. Surtout avec Wodné qui trichait quand il était vaincu et prenait un air triste comme s'il allait mourir. Sophonie m'apportait des livres qu'elle empruntait à la bibliothèque du collège et à ses amies plus fortunées. Elle était presque une jeune fille. Déjà un corps avec des courbes et des seins. Joëlle n'était encore qu'une idée. Une petite chose toute mince qui marchait vite et nous forçait à la suivre. Mais j'étais un lecteur de romans, et comme beaucoup de personnages romanesques, j'éprouvais du mal à choisir entre ce qui est et ce qui sera. Entre le don et le possible. J'allais demander à man Jeanne si je pouvais aimer deux personnes en même temps. Et pourquoi les enfants de la rue de l'Enterrement, contrairement à ceux que je rencontrais dans les livres, n'avaient jamais qu'un seul parent. Ou pas de parents du tout. Sophonie et Joëlle n'ont jamais eu qu'Anselme. Immacula, leur mère, est morte quand Sophonie avait quatre ans. Joëlle était encore un bébé. Wodné a une mère en province et habite chez une tante. Popol et moi, nous n'avons pas de parents du tout, depuis longtemps. C'est pareil pour les gamins qui fréquentent le Centre culturel. Un parent sur deux, dans le meilleur des cas. Une idée de Sophonie, ce Centre. Pour les gamins. À défaut de parents, nous pouvions leur offrir un lieu où se faire des amis. Et inventer l'avenir, comme nous autrefois. Les enfants aussi ont des choses à se dire. Sophonie est allée voir man Jeanne, lui a exposé son idée. Man Jeanne a jugé que c'était bien. "Des jeunes avaient fait des choses comme ça au temps de la première Occupation. Il en était sorti des gens bien. Pas tous. Il est des gens, tu as beau les exposer au meilleur, ils choisiront toujours le pire. Mais, on va le leur créer ce Centre aux gamins." Elle a organisé la collecte, nous a ensuite donné l'argent qu'elle avait recueilli pour acheter les premiers livres. Wodné voulait des ouvrages formateurs, des sortes d'initiation à l'instruction civique et la conscience sociale. Sophonie préférait une juste part des choses. Pourquoi les enfants pauvres ne pouvaient-ils descendre vingt mille lieues sous les mers, voyager en ballon et se battre à l'épée pour venger leurs amis ? Si tu n'as pas de rêves, au nom de quoi veux-tu faire la guerre au réel ? Man Jeanne a tranché dans le sens d'un partage équitable entre le rêve et le réel. Elle est aussi allée voir les propriétaires des maisons séparées par le corridor, qui se livraient au quotidien une guerre d'injures et d'immondices. Finies vos querelles pour une langue de terre qui ne vous sert à rien. Poignée de main. Affaire conclue. Elle a fait passer le message que désormais plus personne ne jetterait ses ordures dans le corridor. Les amants pressés devraient se contenter d'une tombe ou du petit passage derrière l'atelier du cordonnier. Ou de l'atelier même que le vieux Jasmin n'ouvrait plus que par besoin d'air. Il y avait longtemps que nul ne lui amenait de chaussures à réparer. Elle a convaincu tout le monde en les menaçant de leur verser du pissat de chatte sur la tête. Une habitude qui date de la première Occupation. Sa première victime avait été un *marine* qui s'était aventuré un soir dans notre rue. "Qu'ils emmerdent les vivants, c'est déjà trop. Mais, nos morts, qu'ils leur foutent la paix." Elle a sa technique pour faire pisser les chattes dans un récipient. Une longue série de chattes dont elle inscrit les noms sur un almanach vieux de soixante-quinze ans qu'elle n'a jamais songé à décrocher du mur. La dernière, c'est Fidèle, qui va bientôt mourir. Les collabos, les m'as-tu-vu, nombreux ceux qui ont eu droit à leur dose du pissat de Fidèle. Nul n'avait voulu affronter la fureur de man Jeanne, et pour la création du Centre, tous ont versé ce qu'ils pouvaient. Le cordonnier, le vieux relieur, les marchandes de friture, les chômeurs… Même Halefort, le chef des voleurs de cercueils, s'est présenté avec sa bande. Ils ont amené les tôles et se sont portés volontaires pour exécuter la main-d'œuvre. Après tout, le jour, les voleurs de cercueils sont des citoyens ordinaires, et nul ne peut leur interdire d'apporter leur contribution à la vie de la communauté.

Aujourd'hui, il n'y a plus de bande des cinq. Nous allons parfois prendre une bière ensemble. Mais l'atmosphère est tendue et à quoi bon renouveler une expérience désagréable ? Peut-être n'y a-t-il rien de pire que d'atteindre l'âge adulte dans une ville occupée. Tout ce qu'on fait renvoie à cette réalité. L'amitié a besoin d'un fond de dignité, quelque chose comme une cause commune. Nous avons perdu ce bien commun, toujours virtuel, qui s'appelle l'avenir. Nous sommes dans un présent dont nous ne sommes pas les maîtres. Chaque uniforme, chaque démarche administrative que nous devons entreprendre, chaque bulletin de nouvelles, tout nous rappelle à notre condition de subalternes. Julio n'aime toujours pas les crânes rasés, mais je ne sais comment il a rencontré un employé de la mission civile. Il est tombé amoureux des cheveux longs. Le cadre aux cheveux longs vient parfois le chercher le soir. Le petit garçon chétif dont on se moquait à l'école s'est transformé en un jeune homme aux traits fins et aux manières délicates. Ça ne lui va pas trop mal à Julio de ressembler à une fille. Le petit professeur et moi le regardons monter dans ce véhicule blindé du corps diplomatique. De son balcon, man Jeanne fait semblant de ne rien voir. Je crois qu'elle n'arrive pas à trancher, à choisir quelle attitude adopter vis-à-vis des amours de Julio. Les choses ne sont pas toujours nettes. Julio a changé. Il sourit. Et un sourire, c'est quelque chose de positif chez un garçon qui vivait dans le silence de sa chambrette et la solitude de ses désirs, ne riait pas, ne parlait pas, n'avait pas d'amis, craignant de recevoir des coups de la part de ceux qu'il aimait. Nous changeons tous. Et l'on ne peut pas toujours dire si c'est une progression vers le bien ou le mal. Joëlle est devenue la plus belle des jeunes filles. Elle pourrait se choisir n'importe quel amant. Les voitures s'arrêtent sur son passage et des inconnus l'invitent à monter ou prennent simplement le temps de la regarder sans rien demander et s'en retournent ensuite à leurs activités. Man Jeanne lui reproche de ne pas savoir quel usage faire de sa beauté. Et moi, je continue à l'aimer dans un silence contemplatif. Nos discussions me manquent. Autrefois, elle était pleine d'hypothèses, d'idées. Nous refaisions le monde sur mon bord de trottoir. Aujourd'hui, on ne se parle que de loin en loin. C'est une autre chose que je partage avec le petit professeur. Nous passons beaucoup de temps à regarder Joëlle. C'est aussi pour la voir qu'il fréquente le quartier. Et quand nous discutons des destins tragiques ou insipides des héroïnes de roman, c'est d'elle que nous parlons sans oser la nommer. Elle est avec Wodné qui lui a fait sa première menace de suicide quand il avait dix-huit ans. Il s'est promené dans la rue avec une fiole qu'il disait remplie de poison. Nous avons tous eu très peur. Sauf Sophonie qui n'avait vu dans le geste que la première séquence d'un chantage affectif. Sophonie est devenue une

jeune femme au corps solide. Elle a arrêté de fréquenter la faculté lorsque la maladie d'Anselme a
atteint un stade avancé. Elle est serveuse au "Kannjawou". Anselme est grabataire et n'a plus toute sa
tête. Le soir, lorsque après l'avoir lavé et couché dans
des draps propres, sa fille aînée lui pose un verre
d'eau sur la table de chevet, l'embrasse sur le front et
lui murmure en partant : je vais au "Kannjawou", il
n'entend que le dernier mot et croit qu'elle lui prépare une grande fête dans sa campagne natale. Les
yeux du vieux se mettent à briller, disent : Emmène-
moi. Ce sera le plus beau kannjawou. Mais l'exode
a remplacé les kannjawou. Ceux qui vivaient là en
ont marre de pencher le dos vers une terre qui ne
donne plus rien, alors ils s'en vont. Et plus personne
n'y retourne à la campagne. C'est pas comme dans
les légendes qui ont bercé notre enfance. Les vieux
racontaient que, fatigués de rester couchés, des morts
se levaient, allaient faire un petit tour en ville, revisiter
les lieux qu'ils avaient fréquentés, se lassaient vite du
monde des vivants et revenaient prendre leur place
dans leur tombe. La campagne, c'est une tombe, et
personne n'a envie d'être enterré vivant. La campagne, c'est comme une vieille femme que toute sa
descendance a abandonnée et qui radote toute seule.
La campagne, c'est un lieu de randonnée et de stationnement pour les soldats de l'Occupation qui
gardent les chèvres et les cactus et pissent et chient
dans les rivières. On dit qu'il en est qui s'échappent
de leurs baraquements pour voir les chèvres de plus
près et les étreindre, faute d'amantes. La campagne,
c'est les missions évangéliques, pastorale de l'Occupation, qui vendent leur dieu aux paysans contre du
blé et de la farine. La campagne, c'est le cousin de

Halefort que l'on surnomme Canal du Vent. Sept fois il a pris la mer. Sept fois les gardes-côtes américains l'ont ramené. Aujourd'hui, il a élu résidence au pénitencier et préfère ne pas en sortir si le choix c'est de retourner à la campagne. La campagne, c'est un cimetière plus vaste que le nôtre où les humains, les bêtes et les plantes se regardent mourir.

Il n'y a plus de bande des cinq. Nos tentatives de sortir ensemble tournent mal. Wodné ne boit pas d'alcool et souhaite que Joëlle fasse comme lui. Il y a dans son regard comme un ordre muet, et Joëlle, moitié bravoure, moitié lâcheté, commande une bière que, finalement, elle ne boit pas. Elle est plus belle que jamais. Mais elle a perdu son espièglerie. Depuis la menace de suicide de Wodné, ils partagent une exigence de serments qui est plus solide qu'un mur. Ils ont fini leur licence et veulent continuer. Ce sera bientôt chacun pour soi dans la course à la bourse. Cela effraye Wodné. Il a peur que le mur s'effondre. De nous cinq, déjà dans notre enfance, c'était le plus seul. Vivant avec une tante qui ne sait que prier et gémir. Joëlle et Sophonie, Popol et moi, on avait quelqu'un avec qui faire la paire. Se quereller. Rire. Lui n'avait personne. Et un jour il est venu vers Popol et lui a tendu la main. À la rue de l'Enterrement, c'est comme ça. Quand on n'en peut plus d'être seul, on se choisit un frère. Un ami. Nous imitons ainsi les gens qui viennent au cimetière se recueillir devant la tombe de quelqu'un qu'ils n'avaient jamais fréquenté. Une sorte d'adoption *post mortem*. Un inconnu choisi à cause des fleurs sur

49

la tombe. Ou du nom qui sonne bien. Ou en laissant faire le hasard qui leur dit de s'arrêter là, devant cette tombe plutôt qu'une autre. Et ils prient pour l'âme du défunt. Il faut bien prier pour quelqu'un, se lier avec quelqu'un pour se sentir moins seul. Wodné, il était tellement seul qu'un jour il est venu vers Popol, il a sorti une toupie de sa poche, et il a demandé : Veux-tu jouer avec moi ? Depuis ils ont joué ensemble. À l'amitié. À grimper sur le toit de la maison de man Jeanne pour lancer au ciel des cerfs-volants. À l'engagement et la conscience sociale. À l'étudiant, en s'inscrivant à la même fac pour suivre les mêmes cours. Mais Wodné, il était tellement seul que même en ayant trouvé de la compagnie, la solitude ne l'a pas quitté. Ni la peur qu'elle entraîne. Et il s'accroche. Comme une colle. Ses proches, c'est son domaine. Si tu t'en approches, je mords. Sophonie ne lui a jamais pardonné les larmes de Joëlle lors de sa prétendue tentative de suicide. Ils ne se parlent presque plus. À moi non plus, il ne parle presque plus. Il n'aime pas mes sources de revenus. Ces étudiants des universités privées qui me confient parfois des travaux de rédaction. Je prends rendez-vous avec eux au Champ-de-Mars. Ils ne descendent pas jusqu'à la rue de l'Enterrement. D'ordinaire, c'est sur la place des Héros que l'échange a lieu. J'étais en terminale quand j'ai commencé. Depuis je dois être coauteur de quelques mémoires dont les signataires vantent leur savoir devant d'augustes assemblées. Je ne prends pas ces performances alimentaires au sérieux. Cela me permet d'apprendre sur des sujets variés comme la relation entre l'écriture de la fiction et l'écriture de l'histoire ou l'écart entre le droit positif et le droit coutumier en matière de concubinage. Des données peut-être pour des romans à venir. Wodné n'apprécie pas. Je ne sais pas ce qui le choque le plus. Que je rédige leurs travaux à des gens plus fortunés que nous. Que j'adresse la parole à ces gens, ce qui crée déjà, selon lui, une trop grande complicité. Qu'un lecteur de romans se mêle de travaux scientifiques. Que ce que j'écris soit bien noté par les hautes instances de plusieurs facultés. Que j'exprime par là une différence. Il forme avec Joëlle un couple radical qui désapprouve beaucoup de choses. Ils refusent d'adresser la parole à ceux qui ne viennent pas comme nous de la rue de l'Enterrement. À ceux qui ne sont pas inscrits à un quelconque programme d'une quelconque discipline des sciences humaines. À ceux qui appartiennent à une autre classe d'âge. À ceux qui ne se définissent pas comme des "militants". À ceux qui appartiennent à d'autres groupes de "militants". Cela fait beaucoup de personnes auxquelles ils n'adressent pas la parole. Et Wodné ne me pardonne pas mon amitié avec le petit professeur. Un couple uni. Mais seulement quand ils sont ensemble. Lorsque Joëlle est seule et vient bavarder avec le petit professeur et moi, elle a l'air moins dogmatique et je retrouve les yeux vifs de l'enfant téméraire. Apparaît dans son regard une ancienne lumière qui la rajeunit. Man Jeanne a raison : Tout est dans le regard. Dans les yeux du petit professeur, quand il regarde Joëlle, je vois un éloge de la contemplation. L'extase de qui voit toute la beauté du monde. Dans les yeux de Joëlle, le bonheur d'être aimée. Le reflet merveilleux de sa propre lumière. Moi, je ne compte pas. On se connaît depuis toujours. Elle s'est habituée à mon regard et n'y découvre plus rien. Mais le petit professeur est venu de loin pour l'aimer. Comme s'il avait longtemps erré, comme si tout ce qu'il avait vécu avant n'était qu'une longue route qui menait jusqu'à elle. Je suppose que c'est une belle surprise, quelqu'un qui, apparemment sans rien demander, vient vous dire : j'aime que tu sois. Quelqu'un qui salue votre présence comme une source d'émerveillement. Wodné me reproche encore de lire trop de romans. Cela l'énerve si j'en prête un à Joëlle. Mais il arrive aux gens de reproduire ce qu'ils détestent. Il ressemble de plus en plus à Pacha, ce personnage du *Docteur Jivago* qui ne parlait qu'en poncifs et en remontrances. Nous sommes tous dans les livres, comme les preuves que les personnages qu'on y trouve existent vraiment. Qu'en creusant sous les camouflages, on finit par voir qui est qui. Avec le petit professeur, nous passons beaucoup de temps à établir les ressemblances entre des personnes vivantes et des personnages de roman. Mais le petit professeur ne discute jamais de Wodné. Par pudeur.

Le problème, c'est que je n'arrive pas à comprendre contre quoi ni pour quoi Wodné et sa bande "militent". Ils ne fréquentent qu'eux-mêmes et leur monde est si petit qu'il n'y a pas de place pour une action qui inclurait les autres. Quand Sophonie a eu l'idée du Centre, ils n'étaient pas très entichés, même si Wodné a tout de suite voulu en prendre la direction. La bande des cinq n'avait pas vraiment de chef. Et la liberté est une forme d'éloignement. Avec le temps Wodné a créé sa bande à lui. Elle se prépare. Tout ce qu'ils font, c'est pour se préparer. À un je ne sais quoi qui n'arrive jamais. Il y a deux ans, Popol et Wodné se sont battus. Ils en ont tous les deux gardé pendant des mois les marques sur leurs visages. Je sais que c'est Popol qui a fait le premier coup de poing. La rue n'en revenait pas. Le cordonnier, le vieux relieur, les marchandes de friture, tous ont voulu s'interposer. Les gens criaient au blasphème, au sacrilège. C'était comme si Pierre et Paul, oubliant les Évangiles, se lançaient des baffes et des coups de pied. Man Jeanne a dû descendre dans la rue pour mettre fin à la bagarre. Je n'ai jamais demandé à Popol pourquoi il a violé sa règle : ne jamais initier un acte de violence. Avec mon frère aussi, le silence fait partie de notre vie. Popol n'a jamais été un parleur. Dans notre enfance, je l'embêtais en voulant discuter avec lui de mes lectures. À la fin d'un roman, je courais lui parler des personnages qui m'avaient plu ou dégoûté. De la détestation ou de l'affection que m'inspiraient tels ou tels. Que pensait-il d'un fils qui abandonnait son héritage ? D'une amoureuse qui n'arrivait pas à choisir entre la révolte et la sécurité ? Il me répondait qu'il n'était pas la bonne personne pour ce genre de conversation. Qu'il me faisait confiance pour trouver tout seul. Il n'a pas changé. Parle toujours aussi peu. Garde ses pensées secrètes jusqu'à leur traduction en actes dont le sens est toujours très clair. Wodné a convoqué une réunion pour déblatérer sur les cadeaux empoisonnés des intellectuels petits-bourgeois. Sophonie n'était pas présente. Tous attendaient la réaction de Popol. Il s'est contenté de rassembler les enfants et de les aider à classer les livres offerts par le petit professeur. Fin de la réunion. Comme il travaille beaucoup, je corrige souvent ses copies à sa place. J'ai la main lourde pour les fautes de syntaxe. Il me demande parfois de réviser mes corrections. Pas d'être clément, mais juste. Nous, de la bande des cinq, nous avons quand même eu la chance de découvrir très tôt le pouvoir du langage. Nous sommes tombés tôt sur les mots. Tous les gars et les filles des rues comme la rue de l'Enterrement n'ont pas vécu cette expérience. N'en déplaise à Wodné qui aime voir en nous les damnés de la terre, nous sommes déjà allés dans des lieux où d'autres n'iront jamais. Par les mots. Même sans la science du détail et le culte de l'anecdote qui alimentent le délire de monsieur Vallières ; même si sur beaucoup de sujets nous n'avons visité que la surface des choses, pour modeste qu'elle soit, nous avons notre place dans le club des élus. Nous pouvons discuter avec le petit professeur, le contredire, le corriger. Nous apprenons à être le petit professeur et Wodné ne manque pas une occasion de lui signifier que nous aussi, nous pouvons parler de philosophie critique et de révolution culturelle. J'apprécie les silences de Popol. Tous ces mots qui sont devenus notre passeport, tous ces mots qui ont fait de nous les ayants droit intellectuels de notre quartier, nous n'avons pas encore appris à en faire bon usage. Pour nous. Pour les petits gars de la rue de l'Enterrement. Man Jeanne nous raconte souvent les fortunes et les infortunes de petits gars comme nous qui sont partis de très bas, prétendant servir toutes les bonnes causes pour boire ensuite à toutes les sauces. Tel député du peuple qui ne jurait que par les libertés individuelles et la justice sociale avant son élection et qui s'est par la suite opposé aux programmes d'alphabétisation en confiant à ses proches le secret de sa politique : si tous les habitants de sa ville natale apprenaient enfin à lire, qu'adviendrait-il de lui ? Nous ne savons pas que faire de tous ces mots. Halefort boit beaucoup. Les bien-pensants et les superstitieux du quartier l'évitent et recommandent à leurs enfants de ne pas répondre à son bonjour. Ils se disent qu'un voleur de cercueils, ça attire la mort, et un homme dont le seul savoir-faire consiste à profaner les tombes ne mérite pas leur salut. Halefort a un fils avec une femme d'un quartier encore plus pauvre que le nôtre. Le garçon vient parfois le voir. Je suppose que c'est quand il n'y a rien à manger dans la poubelle où il doit vivre. Halefort lui donne alors ce qu'il a sur lui, et s'il nous voit passer, il nous demande, à "vous qui savez lire, qu'est-ce que vous comptez faire pour que mon fils soit pas un voleur de cercueils ?" Popol, il se tait, et attend de savoir pour prendre la parole. Peut-être attend-il trop. Wodné a vite compris le pouvoir du tapage. Commence par aboyer, tu finiras leader.

Mon frère et moi, nous ne nous parlons vraiment que le mercredi soir. C'est le soir d'affluence et le bar ferme tard. Il y vient une marée de coopérants de tous les organismes sans frontières, des pays amis, du personnel de l'Occupation et de jeunes bourgeois. C'est soirée dansante et ça dure longtemps. Nous allons ensemble attendre Sophonie pour la raccompagner chez elle après la fermeture. C'est ce qu'il reste de nos longues marches d'autrefois. De la légèreté d'autrefois. L'aller à deux. Et le retour à trois. Se peut-il que tous les pas de notre enfance, quand Sophonie libérait les lézards et les libellules que Wodné attachait au bout d'un fil ; quand nous cherchions des coins de mer pour apprendre à nager, nus ; quand vivre ne serait qu'un immense kann-jawou, pour Anselme, man Jeanne, les vieux, les jeunes, toutes les rues de l'Enterrement et chaque coin du monde ; quand j'apprenais de Wodné et Popol des mots dont j'ignorais le sens mais qui son-naient comme des promesses, n'aient été que des pas perdus ?

Il arrive que le soir, de son balcon, man Jeanne nous invite, le petit professeur et moi, à monter prendre un thé avec elle. Pour nous parler du passé. Man Jeanne, c'est la doyenne de la rue de l'Enterrement. Il n'y a que le cimetière qui soit né avant elle. Le passé, dans sa bouche, c'est un grand bric-à-brac. Tout y est mélangé. Le temps où les dames ne pouvaient pénétrer dans l'ancienne cathédrale sans missels ni mantilles et se faisaient pardonner leurs adultères par des dons substantiels à la trésorerie de l'archevêché. Le temps des matinées au ciné Parisiana, les mouchoirs pour les larmes inspirées par un acteur italien, Amedeo Nazarri, qui jouait les fils de personne, et dont toutes les jeunes filles se croyaient amoureuses. Le temps du chemin de fer qui transportait plus de marchandises que de passagers. Le temps où les arbres fleurissaient à la rue du Centre et attiraient les tourterelles et les ramiers, avant la construction du pénitencier. Le temps où l'orchestre du Palais donnait de la musique au Champ-de-Mars le dimanche, alternant les valses, les contredanses et les marches militaires. Dans la bouche de man Jeanne, le passé ne finit jamais. C'est une éternité différente du présent. Il lui est difficile de mettre des dates sur les faits. Pour retrouver le mois, l'année, elle doit chercher, utiliser ses doigts pour faire ses calculs. Sauf lorsqu'elle nous parle de la première Occupation. "Il n'y eut rien de pire." Ni l'épidémie de pian, quand la misère attaquait les pauvres par les pieds et les bras. Dans les campagnes, personne n'osait plus tendre la main à un ami, embrasser sa fiancée, boire à la même source que son voisin. Ni le cyclone Hazel. Les récoltes et le bétail emportés par le vent. Les convois de vêtements et de nourriture en direction des populations sinistrées, obligés de s'arrêter, de patienter des jours devant la violence des rivières en crue emportant arbres et bétail. Ni quelques saisons plus sèches que de raison. Les adultes levaient les mains au ciel. Et des yeux affamés des enfants coulaient des larmes de poussière. "Oui, il y eut tout cela. Mais le pire, ce fut le temps des bottes."

L'histoire n'est pas faite que de catastrophes. Dans les souvenirs de man Jeanne, il y eut aussi beaucoup de joies. Le passé, il a sa provision de kannjawou. "Les cirques. Les manèges. Les défilés carnavalesques, quand c'était encore un spectacle. Avec des jambes-de-bois aussi hautes que les maisons hautes. Des masques représentant des drôles et des moins drôles : le général Charles Oscar, violeur et sanguinaire, qui mourut par l'épée, comme il avait vécu. La belle Choucoune aux fesses de légende, telle griffonne qui avait régné sur les cœurs des commerçants du bord de mer, provoqué à elle seule plus de suicides et de faillites qu'une crise financière. Les reines, les unes plus jolies que les autres. Que c'était beau ! L'inauguration de la Cité de l'Exposition. En quarante-neuf, je crois. La voix de la chanteuse Lumane Casimir, la plus belle qu'on ait jamais entendue ici. Et le premier jet de la fontaine lumineuse. La foule ébahie, poussant un immense « Ah ! » comme si elle assistait à un miracle. La parade avec les chevaux. Et les joutes sportives, les bals populaires, les nuées de feux d'artifice." Mais le plus beau de tout, ce fut le départ des *marines*. "Même les cortèges funéraires sentaient la joie. Ici, à la rue de l'Enterrement, les enfants distribuaient des branches et des rubans aux couleurs du drapeau et les parents en recouvraient les cercueils de leurs chers disparus. Je ne crois pas aux fantômes, mais j'avais l'impression que des chants d'allégresse montaient du grand cimetière. Même les morts faisaient la fête ce jour-là."

Elle dit ça, puis se laisse envahir par la tristesse. Ils sont revenus. Cette fois, pour entrer, ils n'ont tué personne. Ni petit soldat héroïque. Ni paysans révoltés. Ni simples citoyens abattus par des balles perdues ou par des *marines* ivres n'appréciant pas la colère muette au fond de leurs yeux. Ils sont revenus. Il y a eu des réunions et des congrès, des accords et des résolutions d'assemblées bienfaitrices. Ils sont revenus, avec de jolies porte-paroles dont on peut tomber amoureux. Des garçons aux cheveux fous qui n'ont pas l'air bien méchants et fument des joints avec les jeunes de leur âge. Avec des petites brunes aux allures de bêtes blessées qui ont l'air d'aller tellement mal qu'on voudrait les prendre en pitié. Mais, comme le dit man Jeanne, "Des bottes étrangères, c'est des bottes étrangères. Sur le sol, c'est les mêmes pas lourds."

Man Jeanne affirme aussi que c'est une chance d'habiter une rue qui finit chez les morts. On y apprend très vite à distinguer le vrai du faux. Tous les jours, défilent devant nos yeux des morts scellés dans leurs cercueils. Nous ne voyons pas leurs visages. Mais ceux des vivants qui les accompagnent s'offrent à nos regards. Et man Jeanne veut que les choses qui se passent dans le cœur puissent être lues sur les visages. Selon elle, en y regardant bien, le plus naïf des gamins pourrait dire sans se tromper quelle veuve verse des larmes sincères pour un défunt sans qualité qu'elle continue pourtant d'aimer. Quels parents ou alliés ont la tête ailleurs et trouvent le temps long. Quel groupe de joueurs de dés sait que pour eux tous la chance vient de tourner, vivre ne sera plus que glisser dans la mort, le partenaire qu'ils enterrent n'étant que le premier d'une longue série. Quels hurlements de fils prodigue sonnent faux comme un simulacre.

En y regardant bien, Joëlle ne déteste pas le petit professeur. Elle est la seule d'ailleurs à l'appeler par son prénom, Jacques. Et le soir elle vient se joindre à nos conversations, en marchant d'un pas faussement nonchalant qui cache mal sa précipitation. Juste le temps de quelques phrases. Je les laisse seuls un instant, prétextant une course dans le quartier ou un travail à finir. C'est fou comme elle ressemble alors à la petite fille espiègle qui, il y a presque vingt ans, nous avait proposé d'aller voir le cyclone de plus près un matin de juillet. Anselme ne tenait déjà plus trop bien sur ses jambes mais ne se débrouillait pas trop mal avec les cartes. Il nourrissait encore ses filles en vendant du futur à des mendiants de miracles. Il ne se levait de son lit que pour accueillir les clients. Son jeu de cartes posé sur sa table de chevet, il croyait fermement aux actes de parole. Autant que ses clients, il s'attendait à ce que les choses dites adviennent. Des clients déçus revenaient parfois l'insulter et lui demandaient de rembourser. Ses prédictions de charlatan ne s'étant jamais matérialisées ou ayant tourné à leur contraire. La jolie femme dont il avait prédit la venue à tel solitaire en mal d'amour s'était révélée une mégère. Le bel homme un tyran.

Les richesses, une misère noire. Tel voyage annoncé s'était transformé en une attente interminable, malgré les sommes versées à une pléiade de courtiers et de fonctionnaires. Il rendait l'argent en s'excusant. La réalité avait menti. Pour Anselme, c'est la parole qui fait le monde. Il suffit de dire : "Un jour je récupérerai mes terres, et nous donnerons, mes filles, le plus beau kannjawou", puis d'attendre que le jour arrive. Sophonie n'y croyait pas trop. Anselme n'avait pas vu venir la mort d'Immacula, ni les difficultés quotidiennes. Il ne voyait pas qu'il ne parviendrait jamais à récupérer les terres que lui avaient prises des notaires véreux et des hommes de main du satrape au pouvoir à l'époque. Que ses filles n'avaient rien de princesses paysannes et devraient se battre pour subsister. Que ces terres mythiques, si elles existaient, ses filles ne sauraient même pas qu'en faire. Qu'elles étaient des filles de la rue de l'Enterrement, des citadines de seconde zone qui ne connaissaient ni le semis ni la récolte, ni les mondanités des villas haut perchées. Anselme n'avait pas vu venir les bottes de l'occupant ni le personnel civil qui allait boire des coups au "Kannjawou". Un voyant frappé d'aveuglement. Un paysan riche déchu qui avait échoué à la rue de l'Enterrement. Mais Joëlle croyait aux prédictions de son père. Les petites filles crédules n'écoutent pas les nouvelles. Pour la convaincre de ses pouvoirs il lui avait annoncé ce que tout le monde savait : l'arrivée d'un cyclone. "Demain. N'aie crainte. Tu vois, ton père sait tout des choses à venir." Les vents ne feraient aucun mal à ses enfants, surtout pas à sa préférée. Alors, selon Joëlle, forts de cette certitude, nous pouvions aller voir le cyclone de plus près. Et même quand il y aurait des risques, cela vaut la peine d'aller voir ce que c'est que de se trouver au milieu du vent. J'aimais cette expression : le milieu du vent. Je l'ai notée dans mon carnet d'alors, et pour retrouver la bande des cinq, je rouvre parfois ce carnet à la page du milieu du vent. Aller voir le cyclone de plus près, Wodné jugeait que ce n'était pas prudent. Popol ne disait rien. Joëlle insistait. *C'est pas bien d'avoir peur.* Sophonie a décidé qu'on y allait. Pour faire plaisir à sa petite sœur. Et aussi pour défier Wodné. Nous sommes sortis dans la rue. Le vent nous frappait au visage mais nous pouvions encore distinguer les maisons et marcher sous la pluie. Au début, c'était agréable. Si c'est ce qu'on appelle le danger... Puis, très vite, le vent nous a poussés dans la direction du cimetière. Impossible de résister, de choisir notre chemin, de revenir sur nos pas. Le vent nous emmenait chez les morts. Le battant gauche du grand portail avait volé vers l'intérieur, léger comme une feuille. L'eau courait et couvrait les allées. Les tombes fraîches dont le ciment n'avait pas encore séché se transformaient en bassins. Le milieu du vent, quand on y arrive, c'est une folie furieuse qui ne laisse rien à sa place, fait monter vers le ciel les choses de la terre, et l'eau qui te tombe dans les yeux fait disparaître la ligne d'horizon. Nous nous sommes réfugiés en tâtonnant dans un caveau en construction dont la grille n'avait pas de cadenas. Ensemble, joignant nos mains, nous avons maintenu la grille en place. Devant nous passaient des cercueils prenant l'allure de bateaux fous. Nous avons attendu. Heureusement, le milieu du vent, ça se déplace. Au bout de quelques heures, il est parti ailleurs. Sous la pluie, nous avons marché dans la boue, évitant de piétiner les corps et mille objets que la tempête avait sortis des tombes. Le cyclone avait fait en quelques heures plus que la bande de Hale-fort en des années. Nous ne voulions pas nous sépa-rer. Ni aller chez la tante de Wodné. Ni chez les filles où Anselme devait s'être endormi et rêver de kann-jawou. Ni chez nous où, de toutes les façons, il n'y avait pas d'adulte. Nous nous sommes réfugiés chez man Jeanne et y avons passé la nuit. Joëlle n'avait ni tremblé ni pleurniché. Elle avait voulu voir, elle avait vu. Nous étions entrés dans le milieu du vent et nous en étions sortis. C'est cette Joëlle-là que je laisse le soir en compagnie du petit professeur. Une petite fille aux yeux vifs, demandant à voir. Leur conversation ne dure jamais longtemps. Wodné est toujours là qui veille. Joëlle le rejoint silencieusement. Je fais alors un bout de route avec le petit professeur jusqu'à la rue des Facultés. Puis je rebrousse chemin. Nous mar-chons alors dans des sens opposés, mais nos fins de nuit se ressemblent. C'est l'heure où nous devenons nos rêves et discutons longuement avec des person-nages de roman. S'il faut, comme Wodné, chercher toujours une différence, c'est juste que, chez le petit professeur, les personnages de roman sont plus nom-breux que dans ma chambre.

Ce qui vaut pour les cortèges vaudrait-il aussi pour les bars ? Assis sur le muret qui borde la cour du "Kannjawou", j'aime observer la clientèle. Le mercredi, quand Popol et moi, nous allons attendre Sophonie, monsieur Régis, le patron, nous autorise à nous asseoir sur le muret et nous avons chacun droit à une bière. Ce n'est pas un mauvais type. Le personnel l'aime bien. Il a sa part d'humour. "Avec ce que je charge à ma clientèle, je peux bien vous offrir une bière." C'est le troisième bar qu'il crée. Les deux premiers n'avaient pas bien marché. Après ces deux échecs il a compris. Un quartier résidentiel. Un nom qui fait un peu mystère. "Kannjawou." Des coins d'ombre. La musique qu'ils apprécient. Attendre le premier étranger. "Comme ils sont tous atteints par le syndrome du découvreur, ça se sait depuis Christophe Colomb, le premier en amène un autre. Le deuxième amène un troisième. La vie est belle au Nouveau Monde." Monsieur Régis est un costaud, une force de la nature qui a tendance à empâter et va courir le samedi. "Un patron de restaurant ne doit être ni top gros ni trop maigre. Trop gros, ça fait sale. Trop maigre, ça fait chiche. Moi j'aime bien être entre les deux." Sa femme se prénomme Isabelle. Elle lui téléphone vingt fois tous les soirs, et, lui, répond qu'il aurait dû faire comme son meilleur ami qui n'a tenu qu'une semaine dans les liens du mariage. S'en aller loin comme Don Cristobal. Parce que ce n'est pas un cadeau de répondre aux mêmes questions tous les soirs. "Combien de clients ce soir ? Les serveurs présentent bien ?" Ni de vivre sous une telle surveillance financière. Monsieur Régis n'a pas un sou à lui. "C'est Isabelle qui a mis l'argent. À cause du prénom, elle se prend pour une reine. Et elle est catholique, comme l'autre autrefois. Je vous jure qu'elle est pire qu'une banque. À défaut de caravelles, j'ai une dette éternelle sur un bar, et personne n'a encore offert de me canoniser."

Sur notre muret, nous regardons Sophonie s'affairer, aller d'une table à une autre, sourire aux clients, en faisant semblant de ne pas remarquer notre présence. "Au bar, je travaille. Les sourires, c'est pour les clients." Elle dit cela. Mais la plupart des clients ne se rendent même pas compte qu'elle leur sourit. Elle leur sert à boire au moins une fois par semaine, ils la croiseraient dans la rue sans la reconnaître. Peu lui importe. Sophonie a toujours fait les choses simplement parce qu'elles lui semblent justes. Nécessaires. Ce boulot, c'est pour Anselme. Et pour Joëlle qui leur en fera voir. Alors, peu importe si les clients sont parfois grossiers. Et à tout considérer, il y a peu de chance qu'elle croise l'un d'entre eux ailleurs que dans le bar. Après la fermeture, ils se dirigent en bandes vers leurs appartements ou leurs villas des quartiers fleuris de la ville, au volant de leurs véhicules aux couleurs des institutions internationales et des organisations non gouvernementales. Leur parcours s'arrête au sommet d'une quelconque colline.

Pas une colline triste, branlante, secouée par la toux du tuberculeux, comme celle qui domine le cimetière et abrite le sanatorium où l'on cache les démunis qui vont mourir d'une quelconque maladie contagieuse. De gentilles collines, avec un nom propre qui commence par Belle : Bellevue, Belleville, au bout d'une route privée, protégée par des guérites, des chiens de garde et des agents de sécurité. Ils descendent au bar pour s'encanailler. Hormis cette escapade, beaucoup d'entre eux ne connaissaient que la partie supérieure de la ville. L'expression est d'un client du bar, l'un des rares à avoir l'alcool littéraire et l'obsession définitoire. Monsieur Vallières, qui prend son délire pour une œuvre majeure. Il dit que, comme le corps humain, les villes se divisent en deux parties : supérieure, inférieure. Le problème, c'est la perte de la ligne de démarcation. "Dites-moi. Peut-on encore savoir qui est qui ici ?" Il boit trop et parle beaucoup. Les mots se querellent dans sa bouche. Trop de choses sortent en même temps. Se chamaillent. Se contredisent. Il a raté, dit-on, une carrière de latiniste. Héritage familial oblige, il possède un magasin qu'il dirige à l'ancienne, au grand désespoir de ses fils. Dans l'histoire familiale, il tient le rôle d'intermédiaire. Entre un père qui s'est imposé par le pouvoir de l'origine et sa force de caractère, et souhaitait pour son fils une grande culture. Et ses enfants à lui, profiteurs incultes qu'il appelle ses déchets. Le bar, c'est son théâtre. Étrangement, c'est aussi pour lui une forme de résistance. Il élève souvent la voix. Et cela énerve les jeunots du personnel civil de l'Occupation qui n'aiment entendre que leurs voix et le vacarme des airs qu'ils dansent. Il les regarde et leur crie : "Ne suis-je pas chez moi ici ?" Monsieur Régis l'aime bien et se met parfois à sa table. Monsieur Vallières en profite pour réveiller ses souvenirs de fort en thème et d'érudit. Les belles lettres, le beau langage. Des pages entières d'*Historia*. La Renaissance, les révolutions, Gengis Khan et Mata Hari. Les autres clients, plus jeunes, coopérants ou gosses de riches, l'évitent et parlent moins, en tout cas pas de choses comme la Renaissance, les révolutions, Gengis Khan et Mata Hari. Monsieur Vallières, Wodné dirait que c'est un vieux bourgeois que les jeunes méprisent parce qu'il n'a pas su s'adapter à la modernité. Moi, je crois qu'au train où ils boivent, ils le fuient parce qu'il ressemble à leur avenir. S'il en est qui savent lire au-delà des rapports et des consignes. En manque d'auditoire, il nous invite à sa table certains soirs. On a beau être riche et posséder une belle culture, on fait ce qu'on peut avec ce qu'on trouve. Deux petits gars de la rue de l'Enterrement, ça peut devenir intéressant et faire de très bons substituts, lorsque l'on n'a pour auditoire que les enfants les plus incultes de la bourgeoisie nationale et des technocrates arrogants, bras civil de l'Occupation. Son délire le rend pragmatique. Tant que Popol et moi faisons semblant de l'écouter, monsieur Vallières apprécie la compagnie de ces représentants des "parties inférieures".

Oui, man Jeanne, on se trompe tous sur quelque chose. C'est en persistant dans l'erreur que même l'émotion la plus forte se désintègre en faux-semblant. C'est valable pour la petite brune qui vient chaque mercredi se tromper de joie et de peine sur la piste du "Kannjawou". Comme pour ceux que nous appelons les déboussolés du samedi matin. Le samedi matin, jour des morts par excellence, les corbillards se suivent à la chaîne à la rue de l'Enterrement. Des retardataires ou des têtes brûlées se trompent alors de convoi et accompagnent vers sa tombe un mort qu'ils ne connaissaient pas. Je ne compte pas monsieur Pierre, un retraité de la fonction publique qui vient tous les samedis accompagner les morts. Les mauvaises langues affirment qu'il est obsédé par les nombres et les problèmes de statistiques. Accompagner les défunts vers leurs tombes tiendrait de l'exercice mental et de la promenade de santé. Si tel est le cas, monsieur Pierre, c'est sur ses comptes qu'il ne désire pas se tromper. Mais il y a ceux qui se sont tout bêtement trompés de cortèges. Le temps de reconnaître leur erreur, les voilà noyés dans une foule à laquelle ils sont étrangers. Au risque de choquer, en bafouillant de plates excuses, les plus décidés d'entre eux se frayent un passage jusqu'au trottoir. Si leur cortège est loin derrière, ils cherchent un coin d'ombre pour attendre son passage et s'intégrer au groupe. S'il est déjà passé, ils avancent d'un pas pressé, courant presque dans leurs vêtements de deuil pour rejoindre leur compagnie avant la dernière pelletée. Les autres, par manque de courage ou simplement par politesse, n'osent pas casser l'ambiance. Donnant le bras à une vieille dame inconsolable implorant un quelconque appui, ou partageant les confidences des bavards se vantant de leurs liens avec le défunt, ils suivent le mauvais cortège jusqu'à l'entrée du cimetière et s'échappent discrètement à l'heure des discours.

La petite brune qui s'en vient tous les mercredis se tromper de joie et de peine dans les jardins du "Kannjawou" ressemble beaucoup aux déboussolés du samedi. "Sandrine, elle a un nom", se vexe Sophonie. "Tout humain a un nom." Mais pour Popol et moi, elle reste la petite brune. Comme il y a la grande blonde, le petit chose, la hyène et les trois mousquetaires. Les clients du bar, nous leur donnons des noms correspondant à un trait ou à un rituel. Comme eux doivent ignorer le prénom de Sophonie. Personne ne fréquente ce bar pour échanger avec les serveuses des signes d'amitié ou de reconnaissance. Personne ne prête attention aux deux garçons assis sur le muret le mercredi soir. "Des subalternes du service de sécurité, peut-être. C'est une chose sérieuse, la sécurité." Après avoir garé leur 4×4, les clients se bousculent déjà à l'entrée. Marchent vite. Avides, têtes chercheuses, fauves lâchés. Commencent à danser dehors sur des airs qu'ils n'entendent pas encore. N'arrêtent pas de danser en avançant vers la piste. S'embrassent. S'admirent dans une sorte d'entre-soi. Constituant un monstre compact et cependant à plusieurs têtes, plusieurs jambes, plusieurs bouches, tournant sur lui-même, rapaces contre rapaces, frénésie contre frénésie. Je te mange, tu me manges... corps pressés de consommer les corps, l'alcool, quelque chose qu'ils peuvent palper, ingurgiter, malaxer, mâchonner jusqu'à l'overdose, dont, après la fermeture les rebuts, vomi, préservatifs, s'étaleront dans les toilettes, comme la preuve que chacun en avait eu pour son compte, voire plus que pour son compte. Puis ils partent, les parties disloquées du monstre se soutenant les unes les autres, avec ce qu'il leur reste de vomi et de préservatifs. Pour aller finir la fête ailleurs et se reconstituer. Entre nous. Même les rebuts. Les gens peuvent être si égoïstes qu'en plus du luxe et de la luxure, il leur faut encore pour eux tout seuls même la crasse et la déprime qui peuvent les accompagner. La grande blonde qui travaille pour une grande entreprise et a droit à une voiture blindée et à un chauffeur qui passeront leur nuit à attendre qu'elle ait fini d'exposer ses longues jambes. Les trois mousquetaires, trois jeunes femmes qui travaillent dans le même bureau, partagent le même appartement, suivent le même cours de danse, prennent leurs vacances en même temps et regardent toujours dans la même direction. La hyène, un spécialiste ès je ne sais quoi et du "y a qu'à" qui mentionne ses exploits d'expert pour séduire les jeunettes. Le petit chose... Et tous les autres. Ceux à qui nous n'avons pas encore trouvé de caractéristiques particulières. Les habitués du bar ont décidé depuis longtemps qu'en plus de leurs salaires d'experts, de consultants, ils partagent quelque chose en commun : le droit de constituer une bande. La petite brune. La grande blonde qui s'est fait péter la gueule un soir par une autochtone. Le petit chose... Les randonnées, la plage. Et le bar les mercredis soir.

On y célèbre souvent des anniversaires. Cela fait d'étranges fêtes, les participants ne se connaissant pas vraiment, n'ayant rien partagé d'intime à part le fait de vivre bien au royaume des pauvres, les hasards de la baise et les escapades de voyeurs dans des coins exotiques du pays occupé. Ce sont des amitiés de colonies de vacances, telles qu'on les décrit dans les livres jeunesse. Eux-mêmes ne se connaissent pas bien, se trompent sur leurs prénoms, se seront oubliés quand chacun s'en ira chercher sa bonne fortune ailleurs. Nous les entendons parfois se demander : Ne nous sommes-nous pas rencontrés à Dhaka ou à Kigali ? Mais oui, moi j'étais avec tel organisme. Mais oui, je me rappelle… Et bienvenues les retrouvailles. Et hop la bière. Eux-mêmes, entre eux ne sont pas des personnes, mais des fonctions. Ce qui les lie, c'est les coutumes du clan. Pas moins que Wodné et sa bande qui se fréquentent par principe. Parce qu'un gars de la rue de l'Enterrement doit faire front commun avec un autre gars de la rue de l'Enterrement. Comme un expatrié est l'ami des expatriés. Jusqu'à ce que nos destinées nous séparent. Quand tu changeras de poste vers un autre pays. Ou quand tel petit gars de la rue de l'Enterrement aura trouvé la bourse que d'autres convoitaient. Ami-ami tant qu'on partage la même condition temporaire. Peu importe au fond qui tu es. Un salaud. Un chic type. Ou juste quelqu'un de bien. Tu es du clan. On est copains. Et merde aux autres. Et hop la bière. Sandrine, non merci. "La petite brune." Man Jeanne dirait qu'il est bien, dans la rue, d'offrir à l'autre ton salut, à condition qu'il te le rende. "La petite brune." La petite brune qui ne connaît pas le nom de la serveuse et ne voit pas les deux jeunes gens assis sur le muret. La petite brune dont l'esprit est occupé à espérer que l'homme, le pénis, la chose, enfin la créature qu'elle croit devoir aimer, abandonnera sa conquête du soir et viendra la rejoindre dehors. La petite brune a son rituel. Une routine en deux phases ; survoltée et désespérée. Un mercredi, il s'est passé quelque chose entre elle et un autochtone. Ils ont dansé et cela s'est terminé dans une chambre. Depuis elle veut prendre l'anecdote pour la grande histoire. Elle a cédé trop fort à son goût de l'exotisme. Elle a pris le jeu au sérieux. Peut-être parce que, à l'intérieur du clan, on se sent parfois seul. Et tout en faisant exactement comme les autres, on cherche un sens caché, une profondeur humaine à des gestes qui n'en ont pas. Elle a besoin d'une différence. C'est comme Wodné qui ne supporte pas l'idée qu'une femme de la rue de l'Enterrement tombe amoureuse d'un homme qui n'est pas de la rue de l'Enterrement et qui cherche à sa jalousie des prétextes politiques. Quelque chose qu'on "prépare ensemble". La petite brune ne veut pas être qu'une esclave de la loi du clan. Non, elle veut être une esclave qui ne se prend pas pour une esclave. Rien n'est plus pitoyable que qui cherche dans sa servitude l'illusion de sa liberté. Rien n'est plus triste qu'un mouton qui, tout en bêlant comme les autres, voudrait qu'on voie en lui autre chose qu'un mouton. La petite brune veut, pour s'assurer d'une différence avec les femelles de son clan, que sa passe d'armes d'un mercredi ait été une belle histoire d'amour. Elle se dit et répète à tous qu'elle aime et est aimée. Son homme est là. Il l'attend. Elle arrive ! C'est comme ça. Ils s'adorent. Préparez-vous à voir ce que vous allez voir. Et elle vient tous les mercredis, pleine d'excitation et d'énergie positive.

Le cherche. Le voit. S'extasie. L'appelle. Lui fait des signes. L'appelle de nouveau. Patiente. S'impatiente. Commence à perdre de son énergie positive. Sort fumer. Entre de nouveau dans le bar. S'avance seule sur la piste. Esquisse quelques pas. Se veut provocante. Attirante. Ne provoque pas. N'attire pas. Ses yeux implorent : "Regarde-moi." Perd encore plus de son énergie positive. Ses yeux chavirent : "Regarde-moi, merde." Devient triste. Se traîne. S'enlaidit. "Regarde-moi, je t'en prie." Se ressaisit. A besoin d'un nouveau souffle pour redonner l'assaut. Sort fumer une autre cigarette. Attrape une bière au passage qu'elle boit au goulot. La deuxième, la troisième, la quatrième ? Qu'en sait-elle ? Quand on aime, on ne compte pas. Fume dehors. Jette rageusement la cigarette sur le trottoir. Se dit : "C'est bon. J'y retourne." Y retourne. Rajuste en marchant ses vêtements. Que le tee-shirt montre bien les seins. Les jeans, les hanches. Retourne sur la piste. Se tortille. Se rapproche de son objectif en se tortillant. Est tout près de son objectif. Pourrait le toucher. L'effleure. S'enhardit. Le touche encore. Se frotte dans son dos. A enfin honte. Se déteste. Se meurt. S'en va mourir assise au volant de sa voiture qu'elle ne se résigne pas encore à faire démarrer. Refusant de s'avouer vaincue, perdue. On la dit brillante. L'une des plus brillantes du personnel civil de l'Occupation. Elle a accumulé les diplômes en matière de communication internationale et d'aide au développement. Mais, comme dirait man Jeanne, il y a savoir et savoir. Entre elle et l'homme qui danse avec une autre, la communication ne passe pas, ne passe plus. Comment communiquer avec quelqu'un qui a le dos tourné ? La petite brune n'a pas grandi à la rue de l'Enterrement et ignore qu'il est des créatures qui ne sacrifient pas deux fois leur temps, leur affection. Pour les amours comme pour les morts. À la rue de l'Enterrement, nous en voyons passer beaucoup de cette espèce. Ceux qui consentent à consacrer quelques minutes de leur journée au rituel des funérailles. Quelques minutes. Pas plus. Ils ont boudé la messe, arrivent les derniers au cimetière, ne cessent de consulter leurs montres en souhaitant que les parleurs abrègent les adieux, partent avant le dernier coup de pelle, défaisant le nœud de cravate avant d'atteindre le portail, pressés de rentrer chez eux pour changer de vêtements. Le mort devient très vite un lointain souvenir. Pour l'homme, le pénis, la créature qu'elle a pris pour son prince charmant, la petite brune appartient déjà au passé. Il a déjà chanté son enterrement et chante désormais des chants de vie. Sur la piste. Autre mercredi. Autre corps. Son chant de vie, c'est une Blanche tous les mercredis. Tout le monde le sait, sauf elle. Qui insiste. Sourit à l'homme. Comme un chien sourit au bout de sa laisse en espérant qu'un maître négligent se souviendra peut-être qu'il est temps de le promener. Un sourire las qui semble avoir traversé des champs de ruines pour arriver jusqu'à ses lèvres. Et s'éteint. Trop forcé pour durer. Le mâle adulé, lui tournant maintenant carrément le dos, opposant son indifférence à cette routine de la mendicité. Lui signifiant qu'il l'a bien vue. Et, levant, pour le lui prouver, une nouvelle cavalière, la collant contre lui, lui rentrant dedans, lui faisant du ventre à ventre. Respectant la norme du mercredi où c'est à quel couple simulera avec le plus d'acharnement et le plus d'énergie l'action à venir, après la fermeture du bar. Avant de se rendre à la fête, certains des employés des ONG et des institutions internationales ont pris le temps de garer leurs 4×4 de service devant leurs appartements de service et de se faire conduire au bar dans des voitures civiles, rusant avec le couvre-feu pour danser jusqu'au cœur de la nuit. Les nuits ont beau être longues, elles finissent par finir. La partie de baise sera plus courte que la danse, l'apothéose plus brève que le prélude. À l'aube, il faudra bien rentrer. Mais qu'importe, ce n'est ni l'amour ni l'intimité qu'on cherche dans le bar, les chambres luxueuses ou les bungalows, juste de la dépense. Il n'y a que la petite brune à être assez naïve pour y jouer son cœur, pour se tromper de motivation et souffrir d'une souffrance qui la marquera pour la vie. Il n'y a que la petite brune à prendre des joutes sportives pour des histoires de cœur. À ne pas savoir. Pourtant elle sait. Mais elle n'aime pas savoir ce qu'elle sait. Comme Joëlle. Qui ignore ce qu'elle sait. Que Wodné lui bouffera l'air. Lui bouffe l'air. Lui dicte jusqu'aux chants qu'elle doit chanter. Quand elle chante. Quand elle chantait. Elle ne chante plus. C'est la version affective de l'obscurantisme, l'idéalisation des crapuleries de l'autre. L'autre, le pénis, c'est Marc. Marc n'est pas son vrai nom. Mais c'est bien pour le bar. Au bar, il chasse. Son commerce, c'est de lever les Blanches. La petite brune va vers ses trente ans. Elle a voyagé, parle couramment plusieurs langues, gagne en un mois ce que Popol et Wodné ne gagnent pas en une année en combinant leurs salaires d'enseignants. Elle se trompe pourtant sur des données très simples. Veut croire qu'on l'attend où on ne l'attend pas. Une boule de désespoir d'un mètre soixante-deux qui ne peut pas tenir en place. S'offre. Trépigne. S'affale. Se

lamente. Faute peut-être d'avoir trouvé sa vraie place.
À force de la chercher où elle n'est pas. Comme ces
morts s'étant trompés de tombe. Ou ces messieurs
ayant suivi le mauvais cortège. Et refusant d'admettre
qu'elle a fait le choix d'une mauvaise espérance, elle
laisse une idée d'elle-même qui précède son pas la
conduire le mercredi soir dans ce bar à la mode où
l'alcool coûte plus cher que de raison au grand plaisir des gosses de riches et des étrangers qui consti-
tuent l'essentiel de sa clientèle. Et des quelques
étalons noirs, dont les visages sont des masques aux
sourires froids, leur carte de visite pour chambres
temporaires. Marc, c'est le champion. Celui qui bat
tous les records. Depuis des mois que nous allons,
Popol et moi, attendre Sophonie au bar, je ne l'ai
jamais vu porter autre chose que sa guayabera. Je l'ai
croisé ailleurs, habillé autrement. La guayabera, c'est
pour le "Kannjawou". Je ne l'ai jamais entendu s'exprimer autrement que par des phrases très courtes.
Oui. Non. *Let's dance.* Il est des recettes qui ne vieil-
lissent pas. Il est vrai que la petite brune est capable
de parler pour deux. C'est une experte en communication. Qui s'est trompée d'histoire d'amour. Et
de miroir. Peut-être, prisonnière de son miroir
aveugle, la petite brune espère-t-elle trouver son art
de vivre dans cette fausse fête païenne qui tient à la
fois du commerce sexuel et du rite funéraire.

Dans la nuit de mercredi au jeudi, après la fermeture du bar, Sophonie se lave le visage dans les toilettes des dames et nous rejoint dans la cour. Monsieur Régis nous offre une dernière bière que nous refusons. Il en offre alors une aux autres serveurs. Abner avale la sienne goulûment. Le patron et lui font semblant de ne pas savoir que ce n'est pas sa première de la soi-rée. Fritznel demande la permission d'emporter la sienne, qu'il va partager avec ses copains de quartier. Souvent, monsieur Vallières reste après la fermeture. Le patron le rejoint à sa table, et la solitude partagée éclaire leurs visages d'une joie triste. Nous les laissons à leur bavardage et commençons notre descente vers la rue de l'Enterrement. Longeant d'abord la Fleur du Chêne, où les chênes sont morts depuis longtemps. Y survivent encore quelques maisons hautes, vestiges de l'architecture du début du XXe siècle, auxquels leurs propriétaires ont ajouté des murs intérieurs. À la Fleur du Chêne, il n'y a pas de chênes, rien que de vieilles villas transformées en mille chambres à louer, quelques balcons ayant gardé un peu de leur splendeur d'antan, quelques pots de fleurs aux balcons. Puis nous bifur-quons sur notre droite, prenons la rue Capois, pas-sons devant le lycée des Jeunes Filles où Sophonie et

Joëlle ont fait leurs humanités. En face du lycée, les cliniques privées où les élèves enceintes se font avorter, courant le double risque d'une opération clandestine qui deviendra trop vite un secret mal gardé. Laissant derrière nous le lycée, les cliniques, une ambassade et un ancien palace transformé en hôtel de passe, nous arrivons au Champ-de-Mars, et nous arrêtons sur la Grand-Place, le temps de boire une bière sur des chaises au plastique abîmé, ayant perdu de leur blancheur d'antan. Clients nous-mêmes des marchandes ayant installé leur commerce de bière, d'alcools forts et de poulets rôtis sur la place, au cœur de la nuit. Nous buvons nos bières sous le regard interrogateur des drogués et des prostituées se demandant si nous sommes un trio d'amoureux ou des enfants d'une même famille. C'est vrai que Sophonie et Popol ne se permettent pas de gestes tendres en ma présence. Cela ne m'aurait pourtant pas dérangé. Je n'ai jamais aimé Sophonie et Joëlle que de cet amour d'enfance qui rêve moins du toucher que de la projection. J'aime qu'elles soient, d'une passion muette qui ne s'est jamais transformée en besoin. Ce sont les héroïnes de mes souvenirs d'enfance, comme des fées de proximité. Wodné est bête d'être jaloux de moi. Joëlle et moi sommes les plus jeunes. Cela crée à ses yeux un lien dangereux. Mais Wodné est devenu jaloux de toute vie qui ne passe pas par lui. La bière bue, nous continuons notre descente. Virage à gauche, laissant sur notre droite le palais national et les anciennes casernes. Puis vient la rue des Facultés, déserte à cette heure. Je ne peux m'empêcher, en lisant au hasard des noms que je connais par cœur : "Médecine et Odontologie", "Droit et Sciences économiques", de supposer que le contraste entre les augustes dénominations et la vétusté des immeubles cache bien des mystères et des complexités. Nous évitons la station d'essence ouverte vingt-quatre heures sur vingt-quatre, où se bousculent les conducteurs des véhicules de transport public. Tournant encore à gauche, évitant les étals qui encombrent les trottoirs des rues qui mènent au bout de la ville, nous répondons au salut des voyageurs se dirigeant déjà vers la gare du Sud et les véhicules qui partiront à l'aube, pour être les premiers à monter dans les cars. Nous éprouvons à chaque fois la même gêne à la vue des sans-logis endormis sur des boîtes en carton aux abords du stade. Le pain, les jouets, un parent sur deux, l'argent des frais de scolarité pour telle année scolaire, tant de choses nous avaient manqué dans notre enfance. Mais il y a pire. Ceux qui n'ont pas eu de tante installée à la capitale comme Wodné. Ceux qui n'ont pas eu la chance du lycée comme nous. Ceux qui n'ont pas eu le privilège de fréquenter les facultés de l'université publique désertées par les fils de riches qui préfèrent aller souffrir le racisme ou le froid, ramener n'importe quel diplôme, vrai ou faux, de n'importe quel coin du monde plutôt que de s'asseoir sur les mêmes bancs que nous. La pauvreté, on connaît. Mais il y a pire que la nôtre. Dans cette rue où nous habitons. Derrière. Ceux qui couchent dans des abris improvisés. Ceux qui ont atteint la quarantaine sans avoir jamais touché un salaire. Ceux qui ne présenteront jamais de mémoire, ne seront jamais boursiers pour revenir avec des accents et des airs empruntés nous dire que ceux qui n'ont jamais bougé sont des cancres. Rien ne dit que Wodné n'habitera pas un jour une maison comme celle du petit professeur. À moins qu'il ne choisisse d'être un éternel étudiant, un vieux "militant" qui fait carrière dans la contestation

et règne en maître sur les plus jeunes. La seule de la
défunte bande des cinq à courir le risque de finir ici,
c'est Sophonie. Les quatre autres, nous devenons au
fil des jours, sans trop vouloir le reconnaître, les plus
riches parmi les pauvres, ou les pauvres les mieux lotis.
Il y a des gens auxquels il est interdit de bouger. Il leur
manque les mots, les connexions. Ou, s'ils bougent,
c'est sur un bateau dont ils ignorent la vraie destina-
tion. Peu importe. Il suffit qu'il y ait une autre terre
au bout du voyage. Et quand ils finissent par poser les
pieds sur cette autre terre, on les refoule. Celui qui est
certain de mourir ici, c'est Halefort. Trois fois, il a pris
la mer, sur les conseils de son cousin Canal du Vent.
Une fois, il a manqué se noyer. Sauvé par les gardes-
côtes, il a cru à la bonté des terres étrangères. Mais
deux jours après, on l'a mis dans un avion, direction
la rue de l'Enterrement. Un voyage pour changer de
vêtements. Une chemise et un pantalon propres contre
ceux qu'il avait portés pendant la traversée, et que les
poissons et le sel avaient abîmés. Halefort, il habite le
dos de la rue. Sa ligne d'horizon, c'est le portail fermé
du grand cimetière, qu'il enjambe la nuit. Chez moi, la
maison n'est pas grande, mais j'ai un lit. Dans la nuit
du mercredi, après la marche avec Popol et Sophonie,
je me couche dans mon lit et prends le temps de lire
un chapitre d'un quelconque roman, ou je consulte
les notes de l'étudiant riche et paresseux qui me paye
pour leur donner un sens et une forme. Me parvient le
bruit régulier des coups de pelle et de marteau qu'ad-
ministrent aux tombes les voleurs de cercueils.

Les choses se sont gâtées avec le petit professeur. Pas entre lui et moi. Nous sommes liés par cette habitude du pire qui triomphe dans les romans. Il me répète que je suis trop vieux pour mon âge parce que j'ai commencé trop tôt à regarder les choses et les êtres avec la bienveillance d'un voyeur sans avidité. Le petit professeur et moi, c'est un club de lecteurs constitué pour la vie. Les choses se sont gâtées entre lui et la rue de l'Enterrement. Cela avait pourtant bien commencé. Par une invitation adressée au club des cinq. C'est Joëlle qui lui a parlé de notre passé. Il nous a invités à prendre un verre dans un bar dansant qu'il avait repéré dans un quartier entre le nôtre et les jardins du "Kannjawou". Un petit bar qui nous sortait de la routine des bars voisins du cimetière, mais sans trop nous dépayser. Quand les gens n'appartiennent pas au même milieu, s'ils veulent sortir ensemble, c'est pour eux un casse-tête de trouver un lieu neutre qui met tout le monde à l'aise. Wodné a décliné, comme il décline tout ce qui ne vient pas de lui. Joëlle a hésité ou fait semblant d'hésiter. Nous fuyant. Fuyant Wodné. Se fuyant peut-être elle-même. Joëlle, c'est parfois l'inverse de la petite brune, pour arriver au même résultat. Une qui se tue à chercher une ordure qui ne l'aime pas. L'autre qui fuit un homme qui la vénère et qu'elle aime quand elle ose. Le soir venu, Sophonie lui a pris la main et elles sont sorties ensemble de leur maison. Popol et moi, nous les attendions pour rejoindre le petit professeur à la rue des Facultés. Joëlle n'avait pas voulu qu'il vienne jusqu'à la rue de l'Enterrement avec sa voiture. Pour la bande à Wodné, monter dans un véhicule privé, c'est trahir. C'est vrai que cela ne nous arrive pas souvent. À la rue de l'Enterrement, les véhicules privés sont une denrée rare et, plus qu'un vrai moyen de locomotion, une source de problèmes pour leurs propriétaires. Il n'y a pas où garer celles qui peuvent encore rouler un jour sur deux pour aller chez le garagiste. Celles qui ne bougent plus ont pris toutes les bonnes places et perdent chaque jour une partie d'elles-mêmes : un phare, un clignotant, une portière, un pneu, jusqu'à devenir des carcasses abandonnées qui encombrent le passage. La rue de l'Enterrement, un cimetière de voitures qui mène au grand cimetière. Joëlle, d'instinct, s'est installée sur le siège passager à côté du petit professeur. Elle lui a demandé de rouler un peu, vers nulle part. Face aux choses dont ils ont été privés, les adultes souvent redeviennent des enfants. Il n'y avait pas d'urgence. Le resto bar pouvait attendre. Nous n'avons pas souvent l'occasion de monter dans un véhicule juste pour rouler. Nos trajets sont précis dans des véhicules surchargés qui sentent la sueur et la volaille. Le petit professeur et moi sommes partis dans une conversation autour des grands romans de la route que nous connaissions. Et nous avons proposé aux autres un jeu auquel il nous arrivait de jouer : à quels personnages de romans jugeaient-ils que telle personne de leur connaissance ressemblait. Et à quel personnage eux-mêmes pensaient ressembler. Ils ont triché. Joëlle a demandé au petit professeur à quel personnage il jugeait qu'elle ressemblait. Il a hésité avant de nommer l'héroïne d'un roman italien dont il m'avait souvent parlé et que, finalement, j'avais lu pour lui faire plaisir. Sophonie a refusé le jeu et prédit qu'un jour j'écrirais le roman de la rue de l'Enterrement avec des personnages qui nous ressembleraient : il convient que les livres s'inspirent du vivant. Popol est resté muet. Il avait une question pour le petit professeur. Il n'était pas à son aise. C'est au resto qu'il la lui a posée, après qu'une serveuse maladroite nous eut porté les commandes. Pourquoi la génération du petit professeur, qui avait montré dans sa jeunesse tant d'élans prometteurs, avait-elle eu si peu de prise sur la réalité ? Ils avaient tout lu, attaqué de front les problèmes politiques. Aujourd'hui, le pays est occupé. Face contre terre. Et eux sont devenus de jeunes-vieux arrogants ou mélancoliques, pleurant sur le passé ou allant y chercher de vains titres de gloire. Avec Popol, touchons la plaie du doigt. Mettons les choses au clair. Après, on verra. "Ce peut être une erreur de penser aux grandes choses en oubliant les petites. Souvent nous avions oublié le détail de la vie courante. Luttant dans l'espérance d'un kannjawou final, nous n'avions pas touché au réel immédiat. L'idéal est pourtant une chose qu'on devrait vivre au quotidien, mais nous n'avons pas su. Occupés à préparer l'avenir. Sans comprendre que les gens ont besoin de bonheur au présent, et qu'on ne peut pas toujours leur demander d'attendre. Et puis, cette violence en face qui a broyé tant de vies, ne proposant aux survivants que la crainte et le souvenir. C'est monsieur Laventure qui m'avait recruté. Je travaillais dans la production des tracts et des textes de doctrine. Nous étions durs avec ceux qui n'avaient pas choisi le chemin de la lutte. Trop durs, peut-être. Nous voulions changer le monde, mais nous n'aimions que nous. Nous étions durs aussi avec les militants. Pour un oui, pour un non, on passait en jugement. J'ai jugé. J'ai été jugé. Seule l'idée de la révolution nous émerveillait. Rien d'autre. Nous aimions l'avenir sans aimer le vivant. Nous avons mal aimé. C'est pourtant par l'amour qu'il fallait commencer." En l'écoutant, j'ai compris que le petit professeur avait eu sa période Wodné. J'avais du mal à l'imaginer, dirigiste et autoritaire, sûr de son fait ou de sa thèse au point d'en faire une loi et chasser de la tribu des justes tout compagnon ou subalterne manquant de zèle. Mais sans doute l'avait-il été. Son amour de Joëlle était peut-être sa repentance. Puis nous avons parlé de choses plus légères. Plus drôles. Sur l'amour, nous lui avons raconté Ursule, la vieille couturière de la rue de l'Enterrement qui avait passé la première moitié de sa vie à épier les amours des autres, et la deuxième à se terrer dans le mutisme sans oser sortir dans la rue. Ursule première manière dénonçait les jeunes filles à leurs parents : "Faites attention à votre petite, hier soir je l'ai vue, plutôt je les ai vus, je dirais même que j'ai tout vu." Inventait des amants à des femmes qui n'en avaient pas, tenait une chronique détestable des amours réelles et fictives de la rue de l'Enterrement. Révélant ainsi au grand jour des choses du corps et du cœur qui auraient dû rester secrètes. Mettant un terme prématuré à des affaires en cours mais non encore conclues de sorte que les femmes reprochaient aux hommes d'être allés faire les fanfarons. "Si avant même qu'on couche ensemble, tu trouves des choses à raconter, le jour où ça se passera vraiment ma vie fera le tour du monde." Nous ne savions pas ce que c'était mais nous aimions l'amour. Un soir, Ursule était à sa fenêtre. À l'affût. En quête d'un couple illégitime qu'elle pourrait dénoncer à la criée. Cinq petits diables sont sortis en file du cimetière, tous de blanc vêtus. Ils se sont arrêtés devant sa maison, sous la fenêtre d'où elle faisait le guet. Ils ont allumé un cercle de bougies noires et placé un petit cercueil au milieu. Ursule a refermé la fenêtre et ne l'a plus ouverte pendant des semaines. Seule man Jeanne avait compris qui étaient les démons. Sophonie avait eu l'idée. Wodné avait obtenu les bougies de l'employé de maison d'un haut gradé de la franc-maçonnerie. Popol avait fabriqué le petit cercueil avec une planchette et quelques clous achetés au marché Salomon. Les filles avaient piqué les draps dans l'armoire de man Jeanne. La bande des cinq. À la demande de man Jeanne, nous nous sommes ensuite excusés auprès d'Ursule qui rouvrit sa fenêtre mais ne se mêla plus des histoires d'amour des autres sauf pour faire des prix spéciaux aux jeunes filles. Le petit professeur nous raconta une histoire qui valait bien celle d'Ursule, l'histoire d'un relieur vieillissant qui portait le surnom de Booz et dont les affaires marchaient bien. En ce temps, les nantis protégeaient leurs ouvrages. Booz était réputé pour la qualité de son travail. Des notables, des ministres même lui fournissaient de l'ouvrage. Son tempérament de vieil ours ne sympathisant guère avec les voisins était aussi connu de tous. Le soir, on le voyait assis à son balcon, la mine sévère, sirotant son thé de camomille. Ses voisins immédiats avaient une fille unique que courtisaient tous les jeunes du quartier.

À l'étonnement général, un jour, sans solliciter l'avis de ses parents, elle revêtit sa plus belle robe, entra chez le vieux et lui dit : "Je serai ta femme." Elle n'en sortit plus que pour les courses et la promenade du dimanche avec son époux. Le soir, ils étaient deux au balcon, à siroter leur thé, et le vieux relieur avait découvert l'art de sourire et enseigné son métier à sa jeune épouse. Le premier enfant réconcilia le couple avec la belle-famille et quand le vieil homme mourut sa veuve garda l'atelier en vie et devint aussi célèbre que son époux. Les gens arrivaient de partout pour amener de l'ouvrage à "madame Booz". Il avait été plus chanceux que notre vieux relieur de la rue de l'Enterrement qui, selon les dires des anciens, n'a jamais eu d'amoureuse ni de progéniture.

Oui, c'est par l'amour qu'il faudrait commencer. Le bar ne ressemblait en rien au "Kannjawou". La piste était plus sombre, cachée. Le "Kannjawou" ne pèche pas par manque d'éclairage. Le pouvoir ne se cache pas. Il se montre, s'affirme. Et les jeunes fonctionnaires de l'Occupation et les enfants de la bourgeoisie demandent à être vus de leurs pairs. "Le même nous-mêmes", comme ils disent. À part la petite brune qui aime se cacher dans les coins d'ombre. Après les réminiscences, Popol et Sophonie sont allés danser. Joëlle a invité le petit professeur qui n'a pas voulu. Il ne savait pas. Elle l'a convaincu en disant : "C'est pas grave. Je t'autorise à me marcher sur les pieds." Je suis resté seul à la table, observant l'unique serveuse et la clientèle. Aucun représentant des forces étrangères. Peut-être des subalternes. Du personnel local. Cadres moyens. Chauffeurs. Guides. Dans un pays occupé, il y a de fortes chances que ceux qui travaillent soient des subalternes de l'occupant. Peut-être aussi des résistants. Comment savoir qui est qui, qui est quoi ? Un homme plus âgé que le reste de sa tablée parlait haut, la voix déjà nasillarde, embrumée par l'alcool. Chaque bar a son monsieur Vallières. Popol et Sophonie ne rataient pas une danse.

Lui, avec les cours qu'il donne et le programme qu'il suit à la fac ; elle avec ses activités de bénévole et son boulot au "Kannjawou", ils n'ont pas trop le temps de se prendre pour des "jeunes". Une fois n'est pas coutume. De temps en temps je sortais pour laisser à Joëlle et au petit professeur l'occasion d'être ensemble. Nous sommes restés une heure au bar. Popol et Sophonie ont préféré rentrer à pied. Joëlle voulait rouler encore un peu, parlait plus qu'à son habitude. De ce foutu mémoire qu'elle n'arrivait pas à rédiger. Des milieux estudiantins où ce n'est pas facile d'être une femme. De Sophonie qui avait consenti beaucoup de sacrifices. De Wodné qu'elle aimait et ne quitterait jamais. C'était son histoire, son enfance. Et il n'était pas, dans son essence, ni aussi taciturne ni aussi hostile qu'il pouvait le paraître. "Rappelle-toi. Comment il aimait rire quand nous étions gamins. Comment il nous criait qu'on lui avait manqué quand il nous revenait d'un voyage en province pour aller voir sa mère." Oui, je me rappelle. Qu'il attachait les queues des lézards et des libellules à une ficelle et se promenait dans la rue en traînant ces bestioles comme un butin de guerre. Je me rappelle aussi qu'il me sortait de mes lectures pour des explications sur le plaisir que j'y trouvais, qu'il avait envie de partager sans jamais y parvenir. Je me rappelle qu'avec Popol ils faisaient la paire, sans toujours se ressembler. Trop de différences finissent par éloigner. Et la distance, ce n'est pas comme une fosse que l'on parvient à combler en y jetant de la terre. Je me rappelle que je l'aimais beaucoup. C'était un frère de rue et de la bande des cinq. Aujourd'hui, je n'aime en lui que ce que nous étions hier. Et je ne sais pas ce qu'il aime. Un jour je demanderai au petit professeur à quel âge il a commencé à perdre des amis. Combien de temps il a fait son Wodné avant de desserrer les dents. Perdu dans mes pensées, je n'ai pas entendu quand Joëlle m'a demandé si je voulais les laisser seuls. Pour de vrai. Et l'attendre à l'entrée de la rue de l'Enterrement. Oui, bien sûr. Le petit professeur a arrêté la voiture et je suis descendu. Joëlle a ouvert sa portière. Elle est venue vers moi. Elle m'a serré contre elle. "J'aime Wodné, mais je crois que je l'aime aussi. Wodné, c'est mon histoire. Celle dans laquelle je suis née. Lui, je ne sais pas. C'est un ailleurs pourtant si proche. Ce soir, j'ai envie de cet ailleurs. Tu te rappelles ? – De quoi ? – Le milieu du vent. L'amour, c'est ça aussi. Aller voir le milieu du vent." J'ai traîné dans les rues. La question que se posait Joëlle, ce qu'elle vivait, je me la pose depuis l'enfance. Même man Jeanne qui possède les réponses à mille sortes de problèmes n'a pas su m'aider. Pourquoi choisir entre les deux sœurs ? Il suffit d'aimer qu'elles existent. Je suis allé prendre une dernière bière au bar à ciel ouvert de la place des Héros. Il y avait Wodné et sa bande. Il les a laissés et est venu s'asseoir avec moi. "Une bière ? – Non merci. Tu sais que je ne bois pas." Alors il a parlé des profiteurs, des prédateurs, des classes d'âge et des classes sociales, de son mémoire sur lequel il travaillait sans relâche en dehors des heures de réunion. De certaines idées venues du libéralisme occidental, sur la condition de la femme et les fonctions de l'art qui ne correspondent pas à nos mœurs. De ma capacité de rédaction qui fait que, plus jeune et un peu dilettante, j'aurais sans doute fini avant les autres, si j'avais continué. De "nous", Joëlle et lui, un couple fusionnel. "Joëlle, c'est moi. Nous n'existons pas l'un

sans l'autre, car nous menons le même combat." Il
a parlé longtemps. Il a toujours eu une voix forte et
ne peut s'empêcher de crier. Je regardais ailleurs, le
mouvement de la nuit, les ivrognes et les prostituées,
les saletés de véhicules blindés des forces d'Occupation qui allaient, venaient, repartaient, revenaient.
Après tout leur mission consiste à tuer le temps. J'ai
remarqué que Wodné n'avait pas parlé de ceux qui
vivent dans des maisons de tôle ou sous des tentes.
Comme si cela se jouait entre le "Kannjawou" et la
rue de l'Enterrement. À l'exclusion des autres. Qu'il
n'avait pas dit non plus cette chose simple. L'aveu le
plus humain : J'ai mal. C'est quand je me suis levé
pour partir que j'ai vu qu'il pleurait. Je me suis dit
que si un jour, comme le souhaitait Sophonie, je
devais écrire le roman de la bande des cinq et de la
rue de l'Enterrement, il me faudrait trouver la force
de rendre justice à Wodné. Il avait beau détester les
lézards et les libellules et les professeurs qu'il voulait
devenir, il lui arrivait de pleurer.

Beaucoup de monde au "Kannjawou". Tous les habitués et de nouveaux venus. Sans doute un nouvel arrivage dans les forces d'Occupation. Et les retours de vacances. Après la violence de l'hiver, un peu de chaleur ne fait pas de mal. Monsieur Régis a fait installer des chaises et des tables en plus dans la cour. Sur la piste, la folie. Si la misère n'existait pas, et les États faillis, et les problèmes de gouvernance, rien que pour voir manger et danser la clientèle du "Kannjawou", il conviendrait de les inventer. Monsieur Régis participe au service. Faute de place, des jeunes étrangers se sont retrouvés à la table de monsieur Vallières. Ils lui tournent carrément le dos alors qu'il pleure le déclin de la littérature épistolaire, une merveille, depuis au moins l'apôtre Paul, en passant par Pline le Jeune et *Les Liaisons dangereuses*. Mais en ce siècle de précipitation, toutes les belles choses touchent à leur fin. Il a essayé d'écrire à sa femme et ses enfants. En réponse à ses lettres, ils ont, à son insu, engagé un psychiatre, un ancien condisciple, lequel est venu, sous prétexte d'une visite amicale, l'assommer de questions à son magasin. Il l'a foutu à la porte en lui rappelant qu'à l'école il ne comprenait rien aux propos les plus simples des maîtres.

Comment pouvait-il prétendre, avec un tel palmarès, comprendre quoi que ce soit aux complexités de l'esprit humain ! Il l'a chargé d'expliquer à sa famille de béotiens que c'était encore lui qui dirigeait ses affaires. Ils n'avaient qu'à attendre. Ils ont convoqué un conseil de famille. "Et j'ai vu dans leurs yeux incapables de cacher leur impatience que c'était bien ce qu'ils faisaient, attendre." De mon muret, j'écoute. J'observe. La petite brune est passée devant nous comme une furie, tirant Marc vers la sortie par sa guayabera. Il la suit. Ses yeux s'inquiètent pour son uniforme. À l'intérieur, il s'est laissé faire en souriant mais arrivé dehors, il repousse fermement d'une main celle de la petite brune, passe l'autre sur sa guayabera pour vérifier qu'elle n'est pas déchirée, soupire de soulagement en caressant l'étoffe froissée par la prise. "Tu es folle. Ne m'adresse plus jamais la parole. – Salaud ! – Tu es folle. Je ne t'avais rien promis." Les yeux durs. Froids. Et avant de tourner le dos, pour rentrer, rejoindre la piste, d'autres corps. "Si tu apprends à te calmer, peut-être un jour consentirai-je à te revoir." Et la guayabera de repasser devant nous. Le sourire sur mesure. Et l'autre dehors, en larmes, qui monte dans son véhicule de service, démarre très vite, trop vite, dans un crissement de pneus que couvre la musique. Et Sophonie qui s'affaire d'une table à l'autre. Deux bières, un whisky glace. Une bière, deux whiskys glace. Un whisky glace, deux bières. Un tartare, deux poissons-gros sel. Un poisson-gros sel, deux tartares. L'impatience des clients, pareille à celle de la famille de monsieur Vallières. Ce ne sont jamais ceux qui n'ont rien qui veulent tout, tout de suite. Mais ceux qui ont un peu. Un peu beaucoup. Déjà beaucoup. Déjà beaucoup trop. Ceux qui savent déjà ce que c'est qu'avoir. Un peu de biens. Un peu de pouvoir. Un peu beaucoup de biens. Un peu beaucoup de pouvoir. Sophonie a l'esprit ailleurs. Plusieurs fois pendant la soirée, ses yeux ont cherché la petite brune. D'un geste, elle nous avait conseillé de suivre le couple quand ils sont sortis dans la rue, craignant que l'affaire ne tourne à la violence. Wodné aurait objecté que ce n'est pas notre rôle à nous, de la rue de l'Enterrement, de mettre fin à une bagarre entre un prostitué haïtien et une paumée de l'Occupation. Mais j'entends Sophonie lui répondre qu'un homme qui tape sur une femme ça sera toujours une injustice. Et puis, merde, à la fin, on n'est pas des robots. La compassion, tu connais ?

Lorsque nous avons quitté le "Kannjawou", monsieur Régis chantonnait à un monsieur Vallières assoupi qu'il n'avait jamais auparavant gagné autant d'argent en une seule soirée. Si cela continuait ainsi, il en aurait bientôt fini de régler sa dette envers Isabelle et serait libre d'aller jouer les Don Cristobal sous d'autres cieux. Mais il dit ça pour parler. Il ne sait pas qu'on sait. Que ses parents lui avaient payé des études à l'étranger. Que ça s'annonçait bien. Que les femmes de sa famille, sa mère et ses sœurs, étaient parties vérifier qu'il était bien installé et ne manquait de rien. Qu'il s'était inscrit à plusieurs programmes dans des écoles de commerce, avait fait un peu de poésie et de guitare, raté ses cours, accumulé un savoir pratique de petits boulots en petits boulots, décidé que le commerce valait mieux que les écoles de commerce, le pays mieux que les terres lointaines, et payé son billet retour sur ses économies.

Nous avons commencé notre marche. Notre descente. Pour la première fois, Sophonie envisageait de renoncer à boire une bière au bar en plein air de la place des Héros et de rentrer directement. La soirée avait été dure. Elle voulait juste prendre un bain et se coucher. Il lui faudrait remplir le seau, dévisser l'ampoule de sa chambre pour remplacer celle manquante du réduit qui servait de salle de bains, refaire l'opération en sens inverse après le bain. Mais ce serait mieux que de se coucher avec l'odeur des clients et le poids de la fatigue. Je devais terminer la rédaction d'une commande d'un étudiant d'une université privée et penser un peu à ce projet de mémoire sur l'histoire du cimetière. Popol ne partageait pas ses pensées, mais je le savais triste de voir Sophonie travailler autant. Nous avons longé la rue de la Fleur-du-Chêne. Un beau nom, qui a dû il y a longtemps correspondre à une réalité que l'on ne peut plus qu'imaginer. Tournant sur notre droite, nous sommes passés devant l'immense temple protestant dont les haut-parleurs installés dans la rue gênent le fonctionnement des écoles supérieures de la zone sans la moindre protestation de la part des étudiants. Dans une ville où le pouvoir des groupuscules et des clans réside en leur capacité de faire peur, personne ne dénonce le vacarme venant du temple qui interdit aux professeurs de donner leurs cours. Les étudiants en souffrent pourtant, mais n'ont pas le courage d'affronter les fanatiques qui fréquentent le temple. Le fanatique ne connaît qu'une peur : celle de ne pas agir à hauteur de sa foi. Les menaces ne le touchent pas. C'est facile de bloquer une fac dont le doyen a peur. Mais que les braves peuvent être lâches quand il faudrait faire face à des fous de Dieu qui leur renverraient pierre pour pierre, insulte pour insulte, et envahiraient les salles de cours avec des pancartes couvertes d'extraits des Psaumes et de l'Apocalypse. Faudra que j'en parle un jour à Wodné.

Sophonie l'a vue la première. Une boule. Une petite boule. Un corps cassé, replié sur lui-même. "C'est Sandrine." Un corps trempé de larmes, de vomissures. Les yeux fous. De désespoir. Et de peur. Trois présences non souhaitées. Trois visages noirs. "C'est moi, Sophonie." Inquiétude. Hésitation. Sophonie ? Toute saoule, malade, souillée, et vaguement suicidaire qu'elle soit, elle ne veut pas que la frappent des mains noires inconnues, fait un bouclier de ses bras, se protège de coups qui ne la menacent pas. Sophonie ? Ce prénom n'est pas enregistré dans son répertoire. Oui, Sophonie, la serveuse ! Le mercredi ! Au "Kannjawou" ! Elle porte les mêmes vêtements que plus tôt mais le blanc du corsage a viré au gris, il y manque un bouton, on entrevoit le soutien-gorge. La poitrine est plate. Très plate. Des seins qui n'ont pas assez grandi pour un Marc qui les aime plus gros, plus ronds et qui a dansé jusqu'à la fermeture du bar avec une brune moins petite. Qui doit être encore en train de danser, ailleurs, autrement, avec cette brune plus présentable, moins envieuse, moins soupçonneuse, aux idées plus claires, qui ne cherche pas l'amour là où il n'est pas. La petite brune a cherché si mal qu'elle n'a trouvé que le désespoir qui lui donne cet air de poupée chiffonnée. Et Sophonie, alerte, habile, précise. Aidez-moi à la relever. Pédagogue, protectrice : "On ne te fera aucun mal." Convaincante, ferme : "Tu veux vraiment rester là et te faire agresser par des voyous ?" Puis Sophonie dirigeant la marche. Popol et moi soutenant la petite brune. Toujours hagarde. Se débattant. "Laissez-moi." C'est surtout qu'elle a honte et se remet à pleurer chaque fois qu'elle se regarde. Et Sophonie, superbe : "N'aie pas honte. C'est lui la merde." Mais ne passe pas ta vie à pleurer sur cette merde. Elle ne prononce pas les mots, mais je les entends, sans avoir la certitude que la petite brune à qui elle les adresse les entend dans sa brume.

Nous sommes allés chez man Jeanne. À cause de la douche. Je sais où elle cache la clé. Elle m'a toujours dit : S'il y a un vrai souci, tu entres sans frapper. Nous ne voulions pas la réveiller. Sophonie a commencé à déshabiller la petite brune, Popol et moi essayant de nous faire tout petits. Man Jeanne était là qui nous regardait, avec Fidèle derrière elle. Nous lui avons expliqué. Man Jeanne comprend vite. Elle est allée chercher une serviette propre qu'elle a tendue à Sophonie. Les deux filles sont entrées dans la salle de bains, et man Jeanne a pensé que tout cela méritait bien un thé. Gêné, je voulais l'aider, faire quelque chose qui justifiait ma présence. On se sent bête de ne pas servir à grand-chose dans une situation tendue. Mais ce n'est pas demain que man Jeanne laissera quelqu'un préparer son thé à sa place. Les filles sont sorties de la salle de bains. Mouillées toutes les deux. Sophonie encore dans ses vêtements, et la petite brune enveloppée de la serviette. Mal à l'aise. Ses yeux fuyant les regards. Les cheveux et le visage propres. Et capable de se tenir debout toute seule. De s'asseoir en prenant le soin de vérifier que la serviette cachait ce qu'elle souhaitait cacher. Accompagnée de Popol, Sophonie est sortie dans la

nuit ouvrir la porte d'à côté et lui prendre des vêtements. Man Jeanne nous a servi le thé. Ce Marc, il
méritait bien une bonne dose du pissat de Fidèle sur
la tête. La petite brune ne comprenait pas. Ou faisait semblant de ne pas comprendre. Marc ? Qui,
Marc ? Oie et autruche. J'ai raconté ce qui arrivait
aux méchants lorsqu'ils passaient sous le balcon de
man Jeanne. Elle a ri. Un petit rire timide. Les résur-
rections, ça ne s'opère pas toujours comme celle de
Lazare. Les morts qui reviennent ne se remettent
pas tous à marcher d'un pas alerte et à parler d'une
voix forte. C'est progressivement qu'ils recom-
mencent à vivre. Le rire de la petite brune était
timide. Furtif. Comme si elle était elle-même éton-
née de découvrir qu'elle n'avait pas perdu la faculté
de rire, de sentir autre chose que la douleur qui l'avait
jetée dans la rue. Deuxième étape de la résurrection,
elle s'est resservie du thé. Comment s'était-elle retrou-
vée là, dans la mauvaise moitié de la ville, celle dans
laquelle les documents qu'elle avait signés pour obtenir son poste lui interdisaient de circuler ? Lorsqu'elle
avait quitté le "Kannjawou", elle avait roulé vers
nulle part et s'était endormie au volant. Combien
de temps, elle ne savait pas. À son réveil, une voiture était en stationnement derrière la sienne. Deux
hommes. Elle a eu peur. Elle a redémarré trop vite
et son véhicule est entré dans un mur. Inutilisable.
Elle a aperçu les phares d'une voiture. Elle a pensé
aux deux hommes, et elle s'est mise à courir. Courir, elle sait faire. À l'école, la course et la natation,
c'était ses sports favoris. Cours, ma brune. Elle a
couru. Se demandant si elle allait mourir sur cette
terre qui ne lui avait rien demandé. Ce qu'elle était
venue faire ici. Et quelle idée de tomber amoureuse

du premier beau mec avec qui elle avait couché. Cours, ma brune. On l'avait mise en garde. Le pays. Les hommes. Les mauvais quartiers. Cours, ma brune. Merde, on a bien le droit de vouloir vivre sa vie ! Chez soi, ailleurs : le monde est à tout le monde ! Elle n'était quand même pas venue ici pour commettre des crimes ! Il y avait un poste, elle l'avait pris. Une occasion de voir du monde, de connaître autre chose. Et puis ces malheurs en cascade qui lui tombaient dessus ! "Je n'ai rien fait de mal. Vous comprenez ?" Nous comprenions. Man Jeanne n'a pas répondu. Elle lui a demandé son âge et quand est-ce qu'elle comptait apprendre à distinguer le vrai du faux. La petite brune n'a pas mal pris la question. Sauf qu'elle ne comprenait pas. Il y avait un poste, une offre d'emploi. Une compétence. Un boulot. Avec l'accord des autorités locales. Ça lui suffisait. Et, dans les milieux qu'elle fréquentait, elle n'avait pas ressenti de signes d'hostilité. C'était son troisième pays. Son troisième poste. C'était une façon de découvrir. D'aider. Enfin, elle le croyait. Fidèle s'était couchée sur les genoux de man Jeanne. Deux vieilles dames. Et man Jeanne a dit à la petite brune qu'ici à la rue de l'Enterrement, la plupart des jeunes filles n'avaient pas eu la chance d'être aussi ingénues. Lorsque l'histoire nous donne de pareils privilèges il faut savoir en jouir et ne pas s'encombrer de douleurs inutiles. Des Marc, il en existe dans chaque ville occupée. "Oui, mais il n'est pas comme ça. Il vaut mieux que ce que les gens pensent de lui." Oie et autruche. "On aurait pu…" Oui, vous auriez pu. Et man Jeanne est allée se coucher, Fidèle suivant sa maîtresse. Pendant quelques minutes nous sommes restés seuls, la petite brune et moi. Silencieux. Sans rien à partager. Sophonie et Popol sont revenus avec les vêtements, et la petite brune est allée se changer dans la salle de bains. Les jeans et le tee-shirt étaient un peu grands. Un petit corps flottant. Petit. Flottant. Désireux de marcher dans la nuit. "Si vous voulez bien." Sophonie voulait bien. J'ai refermé la porte et rangé la clé dans sa cachette. Nous avons marché dans la nuit. Nous sommes allés du côté de la Grand-Rue, vers le Portail Léogâne. Un monde qui fut. Plus de chansonniers avec leurs guitares. Plus de petits bars où des bohèmes allaient brûler leur jeunesse. Plus de conteurs autour desquels se groupaient les badauds pour rire d'histoires semblables à leur vie quotidienne. Dans notre enfance, quand nous allions chez man Jeanne faire provision de sucreries, elle disait que Wodné ne riait pas assez, que le pain sec ne ramollit pas en vieillissant. Wodné et la petite brune ! Qu'est-ce qu'ils auraient pu se dire ? Rien que l'un ou l'autre puisse entendre. Quel duel ! L'OK Corral des grises mines. Mais la petite brune n'avait pas grise mine dans ses vêtements trop grands pour elle alors que nous arpentions ce Portail qui n'est plus ce qu'il était. Le royaume, autrefois, des chanteurs satiriques qui se moquaient des pouvoirs, de la sexualité des gens de bien. Elle avait plutôt l'air d'une enfant qui s'excuse de ne pas savoir que le monde est grand et qui se sent souvent très seule. Parce que ses collègues n'étaient pas vraiment des amis. Parce qu'elle ne possédait ni le bagou, ni l'audace, ni les kilomètres de jolies jambes de la grande blonde. Parce qu'on n'attire pas les danseurs de compas et de zook en discutant avec eux des traités de droit international, même si ces traités, c'est connu qu'il est du pouvoir des puissants de les violer quand ils le veulent. Elle était volubile, mélancolique, voulait boire une dernière bière avant de rentrer. Était-ce prudent ? Oui, promis, juré, elle ne vomirait plus. Et son véhicule de service ? Et les consignes de sécurité ? Bah, elle y penserait le lendemain. Demanderait conseil à la grande blonde, ou aux trois mousquetaires, qui connaissaient tous les stratagèmes pour violer le règlement sans préjudice pour leurs carrières. Une dernière bière, c'est moi qui l'offre. Et nous l'avons bue, cette dernière bière. Nous ne voulions pas réveiller de nouveau man Jeanne. Sophonie et Popol dorment ensemble le mercredi. Chez nous, il y a deux vraies pièces, et une moitié de pièce qui sert de cuisine, de dépôt dans laquelle il y a une chaise longue que nous avons récupérée, Popol et moi, lors du déménagement d'une des dernières familles de notables qui traînaient encore dans le quartier. Côté notable, les vivants ont commencé à fuir la rue de l'Enterrement avant que les morts ne décident de bouder le cimetière. Nous n'avions que la chaise longue à offrir à la petite brune. "J'accepte. C'est bon." Une fois chez nous, Popol et Sophonie sont entrés dans leur chambre. J'ai ouvert la chaise et mis un drap et un oreiller à la petite brune. Elle avait enlevé les jeans et le tee-shirt. Elle a dit "cou…" puis s'est reprise, n'a rien dit. J'ai compris qu'elle allait prononcer : couverture. Un beau mot. Que je fréquente dans les livres. Mais ce n'est pas sûr qu'on le rencontre dans une œuvre réaliste sur la rue de l'Enterrement. Je lui ai donné le morceau de toile qui me sert de "couverture". Dans ma chambre, j'ai ouvert le dernier roman emprunté de la bibliothèque du petit professeur. Quelques pages, pour mieux glisser dans le sommeil. Popol et Sophonie ont la vraie chambre. La mienne ferme mal. J'allais éteindre la lampe quand j'ai vu passer une ombre en sous-vêtements et entendu frapper à la porte de Popol et de Sophonie : "Je ne veux pas rester seule." J'ai entendu ensuite la porte qui s'ouvrait et se refermait. Je suis prêt à parier que c'est Sophonie qui s'est levée du lit pour l'accueillir et qui a poussé gentiment Popol vers le bord du lit pour faire à la petite brune – *non, mon amour, à Sandrine, elle s'appelle Sandrine, tout le monde a droit à un prénom* – une place entre leurs corps le temps d'une fin de nuit.

Le petit professeur est venu faire la lecture aux enfants. Ils étaient moins nombreux qu'à l'ordinaire. Seuls les plus téméraires étaient présents. Hans, Vladimir et quelques autres. Ceux qui gagnent déjà leur vie et ne reçoivent d'ordre de quiconque. Ou ceux qui n'ont jamais appris à obéir au peu de parents qu'ils avaient et ne voyaient pas pourquoi ils choisiraient ce jour pour changer d'habitude. Les parents sont arrivés, plus nombreux que les enfants. Ils ont demandé à discuter avec le comité. Toute la bande à Wodné, une moitié du comité, était déjà là. Popol et Sophonie n'avaient pas été avertis. Les parents avaient reçu l'information que, tard la nuit, leurs petits étaient entraînés dans des pratiques sexuelles avec des Blancs et que le petit professeur avait des yeux sur les jeunes filles et même les très petites filles. Ils avaient des preuves. Je suis allé chercher man Jeanne. Même la bande à Wodné n'oserait contester son autorité. Quant aux parents… Quels parents ! "Toi, qui vendrais ta mère, ta fille et même ta femme pour un godet de clairin… Et toi qui n'as jamais dépensé un centime pour l'éducation de ton garçon… Personne ici ne touche aux corps de vos enfants. Si vous saviez en faire autant, ils n'auraient pas la peau zébrée de coups de câble, de planchette, de rigoise… Soyez contents qu'on les accueille pour leur mettre autre chose dans la tête que les bêtises qui vous unissent." Merci, man Jeanne. Les parents sont partis, et les autres enfants sont venus. Mais le petit professeur n'avait pas le cœur à reprendre la lecture. Il m'a raconté que le matin déjà, à l'université, il n'avait pas pu donner son cours. Des étudiants avaient interrompu son exposé, l'accusant d'être un profiteur qui baisait avec ses élèves puis les jetait comme du fatras. Qu'allait-il faire ? "Rien. La vérité n'a pas toujours besoin qu'on l'aide." Je ne partage pas son avis. La vérité, si on la laisse toute seule face au mensonge, ce n'est pas certain qu'elle parvienne à triompher. "Connais-tu l'anecdote de man Jeanne et du faux prophète ? Je pourrais en faire une nouvelle. Un petit truc à la Gogol." C'était la première fois que je le tutoyais. L'historiette était nulle, mais nous en avons ri, nous forçant un peu. Man Jeanne avait un frère qui se prenait pour un poète sans avoir beaucoup d'instruction. Il avait rencontré, dans un véhicule de transport public, un homme qui pérorait sur l'art de bien écrire. Modeste, il avait demandé au maître s'il voulait bien venir chez lui et corriger ses textes. "Volontiers. Il faut aider les autres." Le maître était venu… Ne demandait rien en retour. À part son litre quotidien du meilleur clairin de l'époque qu'on appelait une "mulâtresse", accompagnée d'un repas chaud. Puis il prenait un crayon, raturait, biffait, formulait et reformulait. Le pauvre frère de man Jeanne désespérait. Malgré tous ses efforts il ne parvenait pas à écrire quelque chose de valable. Son épouse aussi désespérait. Les économies de la famille y passaient, et la santé de son conjoint. Elle est venue voir man Jeanne qui a forcé son frère à recopier les vers de son poète préféré dans le cahier d'écolier contenant ses poèmes à lui. Le maître est arrivé, a commandé son repas et son clairin. Puis, comme à l'ordinaire, il s'est mis à biffer, raturer, clamant que son disciple n'était pas très doué et ne faisait que régresser. "En effet, tu n'es pas très doué. Arrête un peu cette folie. Et vous, foutez le camp. Et, comme buveur, vous n'êtes pas très doué non plus, si vous n'avez pas pris le goût du pissat de chatte dans votre verre." *Exit* le maître et la poésie. "Gogol, je ne sais pas. Plus Tchekhov, peut-être." Et nous avons passé la soirée dans la bibliothèque du petit professeur à discuter des anecdotes qui ne font de grands textes que lorsqu'elles sont reprises par des maîtres. Des vrais. Mais il avait le visage triste et la voix très faible. Je n'avais jamais réalisé combien lui aussi était seul.

Hier, le petit professeur est arrivé en début de soirée. Joëlle l'attendait devant le Centre. Le lendemain de notre balade, je l'avais vue. Radieuse. Puis, au fil des jours, son visage s'assombrissait. Toujours escortée d'un membre de la bande à Wodné. Ils avaient tenu de longs conciliabules, mobilisé des étudiants, harcelé les enfants, tenu un siège devant les oreilles de Joëlle, dicté les mots qu'elle devait dire : Voilà. C'est une question de vie et de mort. Le petit professeur ne devait plus jamais remettre les pieds dans la rue de l'Enterrement. Pour lui, elle n'était qu'une fantaisie. Pour Wodné, elle était la vie. Il menaçait de nouveau de se tuer si elle ne mettait pas fin à cette histoire ridicule. Wodné, c'était sa rue, son monde. Son engagement. Sa vérité. Elle ne pouvait le voir ainsi, se traîner, fondre. "On peut dire que je suis lâche. On peut dire ce qu'on veut. Il ordonne, j'exécute. C'est comme ça. Ne remets plus les pieds ici."

Le petit professeur ne vient plus à la rue de l'Enterrement. Je vais le voir chez lui. Les enfants lui ont adressé des lettres de leur écriture maladroite. Sophonie et Joëlle ont eu une violente discussion. Wodné nous fuit, Popol et moi. Il clame que Joëlle a inventé cette histoire de poison. "Un militant, ça ne se suicide pas." Parce qu'elle avait honte d'avoir trahi. Je sais pourquoi Popol lui avait cassé la gueule. C'est à cause de Marcelle. Une fille qui avait vécu dans notre rue, faisait un peu partie de notre groupe. Son petit ami de l'époque, croyant qu'elle avait un amant, l'avait dénoncée à sa mère qui lui avait flanqué une raclée mémorable. "Seules les putes peuvent courir deux lièvres à la fois." L'idée de la dénonciation venait de Wodné. "Quand la cause est juste, tous les moyens sont bons." C'est quoi une cause juste ? Le petit professeur n'est pas revenu. Lui aussi, dans sa vie, il avait autrefois pensé que tous les moyens étaient bons. Les causes justes ? Marcelle les a fuies ou en a trouvé d'autres. Elle n'habite plus le quartier, rend parfois visite à sa mère qui n'a plus personne sur qui lever la main et regrette ses gestes de violence. Seule Sophonie sait où loge aujourd'hui Marcelle et va la voir de temps en temps. Son ex-petit ami, un disciple de Wodné, ne mentionne jamais son nom. Marcelle, elle n'a jamais existé. Popol, il avait la rage. Marcelle faisait le lien avec d'autres groupes de jeunes. On l'avait humiliée. Et Wodné persistait, ne voulant pas céder devant les autres : tous les moyens sont bons. Popol avait fait le coup de poing. Au nom de la bande des cinq et de nos rêves d'enfants. Au nom de la vieille promesse de ne jamais faire intervenir les autorités dans nos démêlés. Un ami n'appelle pas la police contre son meilleur ami. Au nom des villes qu'ils dessinaient autrefois dans leurs têtes, Wodné les voulant solides, au tracé net, Popol y ajoutant l'espace pour les fleurs. Au nom de Joëlle et de Sophonie qu'ils s'étaient promis d'aimer. Pour elles-mêmes. Comme on devrait aimer. Au nom de cette joie de vivre et du sens du partage qui rendait la bande des cinq disponible, invincible. Au nom des enfants de la rue de l'Enterrement qui n'ont rien. Ou presque. Et à qui il faut tout donner. Pour qui il faut tout conquérir. Au nom de ce vieil idéal d'un pays à faire. Des fleurs et des branches, des couleurs aux fenêtres. Au nom des humiliations subies ensemble quand, à l'arrivée des troupes étrangères, ils avaient sillonné le quartier en criant : il faut faire quelque chose. Au nom de l'immense kannjawou dont nous avons rêvé. Quand il n'y aura plus de véhicules blindés stationnés dans nos rues. Plus de soldats aux uniformes inconnus à faire parade dans nos rues. Quand il n'y aura plus un bar pour toi, une école pour toi, un avenir pour toi, une école pour lui, un avenir pour lui. Quand aucun expert ne viendra nous dicter nos chemins comme si nos vies étaient des fautes d'orthographe. Oui, mon frère, pète-lui, pète-leur la gueule. Au nom de tout cela. Au nom du roman de nos vies qu'on pourrait mieux écrire.

Je ne sais pas faire le coup de poing. Popol avait voulu m'apprendre quand nous étions petits et qu'on mettait de l'argent de côté pour s'acheter des manuels d'autodéfense. "Pour se préparer." Je ne suis pas doué pour casser la gueule aux autres. Pas par pacifisme ni angélisme. Juste parce que je n'ai pas en moi de puissance active. Je dois trop aimer les mots, et leur accorder une confiance qu'ils ne méritent pas. Pas si différent d'Anselme que je le pense. Anselme qui attend son kannjawou dans sa chambre de grabataire. Chaque homme ayant rêvé rédige le temps du rêve son journal d'un fou. J'arrête ici le mien. Au moment où je décide de fermer mon carnet, dans la rue, les enfants rient. C'est Halefort qui tient la vedette. Il avait une urgence. Hier, dans l'après-midi, son gamin est arrivé de son quartier plus pourri que le nôtre. Avec une tête de désespéré. De faim de plusieurs jours. Rhume et larmes. Même un voleur de cercueils peut être embarrassé d'avoir un fils qui s'accroche à ses jambes et lui crie qu'il a faim. Le soir, Halefort a volé un cercueil. Seul. Sans complices pour faire le guet, ni véhicule de transport. À l'ancienne. En le portant sur sa tête. Il a attendu minuit pour sortir mais une patrouille de police l'a surpris dans la rue. Les soldats de l'Occupation donnent des conseils aux policiers. Mais ça ne joue pas contre les croyances. Les policiers lui ont fait signe d'arrêter. Il a continué son chemin. Le véhicule s'est garé devant lui. Il l'a contourné et continué son chemin, son cercueil sur la tête. Deux agents sont descendus et ont voulu l'interroger. Où vas-tu avec ce cercueil ? Il leur a répondu d'une voix nasillarde, le regard vide et le corps raidi, qu'il n'aimait pas le cimetière où on l'avait enterré et s'en allait ailleurs chercher une autre tombe. Les policiers sont remontés précipitamment dans leur véhicule. On n'arrête pas les zombies. Et ça porte malheur de croiser un zombie. J'aime le rire des enfants. J'ai vingt-quatre ans et je suis vieux. Je ne ris plus autant qu'avant. Nous, de l'ancienne bande des cinq, rions très peu. Que sommes-nous ? Zombies ou voleurs de cercueils ? Promesse ou échec ? *C'est pas bien d'avoir peur.* N'est-ce pas, Joëlle ? Sur mon bord de trottoir, au pied du balcon de man Jeanne, je regarde la nuit tomber, triste, sale, sur la rue de l'Enterrement.

II

Les mois ont passé. Les choses et les personnes ont continué à glisser, qui dans le vrai, qui dans le faux. Je reprends ce journal qui ne mène nulle part. Parfois la vie ne bouge qu'à l'intérieur des mots. Et lorsque tout va mal, il convient de tout consigner. Écrire est ma manière de me magner le cul. Man Jeanne me recommande de continuer de tout noter. "Il faut consigner les choses du temps qui passe. Un jour, tu ne seras plus là. Le présent deviendra passé. Et il mourra si personne ne note quelque part ce qui fut et ce qui ne fut pas." Voici donc ce qui fut et ce qui ne fut pas. Ce qui est. Et qui attend son heure pour devenir passé.

De plus en plus nombreux, les cortèges continuent de défiler à la rue de l'Enterrement. Man Jeanne dit que la mort s'est mise à courir plus vite après les vivants. Et, eux, lassés d'une guerre qu'ils ne peuvent pas gagner, se laissent rattraper par elle sans trop de résistance et se couchent dociles dans leur boîte. Les cortèges augmentent en nombre. Mais, une quantité annulant l'autre, ils avancent, poussifs, et de plus en plus clairsemés. À croire que, vieillards ou nouveau-nés, les amis des morts seraient morts avant eux. Ou que, jugeant que lorsque les choses se répètent trop souvent elles se vident de leur sens, ils refusent d'arpenter plusieurs fois en un mois les allées du grand cimetière, et préfèrent rester chez eux pour boire du thé et des liqueurs en invoquant leurs disparus. L'affluence est telle que, bientôt, les morts devront se battre pour se trouver une place dans le grand cimetière. Il n'y a que monsieur Pierre, le vieux comptable à la retraite, qui persiste à faire du surnombre et s'en vient désormais deux fois par semaine accompagner jusqu'à leurs tombes des défunts qu'il n'a pas connus. Il porte toujours le même costume et le même chapeau. Le jour où il mourra, les enterrements ne seront plus ce qu'ils étaient. À force de les suivre, monsieur Pierre est devenu une pièce importante de l'ensemble, quelque chose comme une preuve que quelqu'un est bien mort et qu'on lui dit adieu. Les mauvaises langues continuent d'affirmer que ce n'est point par humanisme. Ni une marque d'empathie. Plutôt la manie d'un fou qui se prendrait pour un génie et passerait son temps à calculer la vitesse dans ses rapports avec la mort, sa présence au cimetière n'ayant d'autre fonction que de confirmer ses hypothèses. Je sais qu'il existe des gens qui parient toujours sur le pire. J'en connais. Mais quand il se joint aux cortèges, le vieux comptable pose sa main sur la tête d'un garçon ou la laisse prendre par une fillette que les autres marcheurs semblent avoir oubliée. Une main ayant longtemps fouiné dans les chiffres des autres, et rendue tremblante par l'âge, peut changer de fonction. Devenir, malgré tous les cals et autres durillons, tendre comme une eau douce et apaiser un bref instant la douleur d'un enfant. Le petit professeur aimait croire que nous sommes ce que nous faisons de nos mains. Le vieux comptable apaise la douleur des enfants avec sa main usée. Alors, qu'importe qu'il fasse des calculs. Tous calculent, mesurent. Sauf ceux qui jouent à perte. Ne calculent rien. Laissent les choses advenir. Tous calculent. Et je me méfie des propos de ceux qui regardent l'autre de loin. Souvent les gens parlent sans savoir, avec les yeux remplis de leurs propres intérêts. Peut-être monsieur Pierre a-t-il, dans l'exercice de ses anciennes fonctions, contrôlé sévèrement des prévaricateurs et qu'ils ont depuis répandu la rumeur de sa manie. C'est souvent dans le faux que naissent les réputations. J'ai vu Wodné à l'œuvre. Et sa bande. Il leur manque aujourd'hui un membre. Victor, son plus fidèle lieutenant, a pris un poste au service de traduction des forces d'Occupation. Il y a une bourse derrière pour une spécialisation dans le domaine de l'interprétariat. Marcia, sa compagne, a convoqué une réunion. Elle l'a dénoncé comme traître au mouvement. C'est surtout qu'elle le soupçonne de sortir avec une traductrice étrangère. C'est le cas. Le couple est venu au "Kannjawou" un soir. Au début, Victor a voulu se cacher de Sophonie. Mais sa partenaire n'arrêtait pas de lui demander : *"What is wrong, chérrrri ? This place is wonderful."* Et il s'est finalement lâché. Dansant avec sa *chérrrie*. Rock. Compas. On ne peut pas passer sa vie à regarder passer des funérailles et à donner son temps à des associations qui veulent changer un monde qui ne veut pas changer. Et la traduction simultanée, c'est bien. De corps à corps. De bouche à bouche. *Yes, chérie.* Ils sont partis du bar, s'embrassant déjà. Le lendemain, très tôt, Victor est passé voir Sophonie à la rue de l'Enterrement pour lui demander de faire celle qui n'avait rien vu. La réunion convoquée par Marcia a fait long feu.

Wodné et les autres ont ignoré les larmes de l'abandonnée en arguant que le particulier n'intéresse pas le militant qui ne pense qu'au général. Ils défendent Victor en clamant que la "révolution" aura besoin de spécialistes. Personne n'y croit. D'ailleurs, leurs réunions attirent de moins en moins de monde. Ils n'arrivent plus à remplir la salle de rencontres du Centre culturel. Ils ressemblent de plus en plus aux pasteurs de ces cultes qui te prédisent le pire et te vouent au bûcher si tu n'es pas membre de leur Église. Des filles ont proposé une rencontre très large avec les étudiantes de toutes les facultés. Sur leurs problèmes spécifiques. Non, dit la bande à Wodné. Seulement les facs de sciences humaines. C'est Joëlle qui leur a servi de porte-parole. Pourquoi échanger avec celles qui font médecine ou architecture ? Elles n'ont rien à dire. Cela me fait de la peine de la voir ainsi. Dure. Au côté de ces enfants de la terreur qui ne ménagent rien ni personne. Ils font peur. Même aux profs. Ça sent la secte et le goulag. La terreur au service du mensonge. Quant à Victor, il fuit le quartier. L'imposture est trop lisible derrière la posture. Les enfants sont de fins lecteurs et lui font des saluts militaires en ajoutant : *give me five cents, caporal Conzé*. C'est man Jeanne qui leur a appris pour Conzé qui avait trahi la Résistance lors de la première Occupation. La victoire de Conzé : Charlemagne Péralte crucifié par les *marines*, et sa photo de martyr clouée sur une porte, larguée sur les villages par les hélicoptères. Elle leur a appris aussi pour les jeunes qui plongeaient dans la mer sale en espérant y trouver des *dimes* et des *quarters* à l'arrivée des bateaux sur les quais. "Au moins ils ne mendiaient pas. Les *five cents*, ils allaient les chercher eux-mêmes au risque de se noyer. Tandis que ces beaux parleurs de merde, ils ne savent que pointer les autres du doigt et tendre la patte. Dénoncer et mendier." Elle n'a pas encore versé sa dose de pissat de chatte sur la tête de Victor, mais ça viendra. Monsieur Pierre, il ne fait de mal à personne en suivant les cortèges. À tout prendre, je préfère encore un vieux marcheur au pas lent à une bande de faux prophètes qui fabriquent le malheur comme d'autres fabriquent des guitares, des cerfs-volants ou des voiliers. Il y a dans la bibliothèque du petit professeur un ouvrage de poésie dont le titre est : *Je ne pardonne pas au malheur*[*]. Je ne l'ai pas lu. J'ignore donc si les vers sont de qualité et la thématique intéressante. J'aime la colère du titre. Je ne suis rien. Ou presque. Comme le répète man Jeanne, quand on habite une rue qui finit chez les morts, on est bien placé pour savoir qu'il est proche le jour qui se lèvera sans nous. Et notre absence ne changera rien au vaste cours des choses. Le tout est de meubler ce presque en cherchant la juste mesure. Aujourd'hui, pour meubler ce rien, je ne pardonne pas au malheur. Aux employés de la fabrique du malheur. D'où qu'ils viennent. Qui qu'ils soient. J'envie ce fou qui se tient au milieu de la rue et crache sur tout ce qui passe. J'envie man Jeanne et son bol de pissat. Parfois j'ai honte de n'avoir jamais cassé la gueule à qui que ce soit ni même lancé une pierre. Man Jeanne dit que tout ce qu'il faut garder de la religion, c'est : tu ne tueras point. Tout le reste n'est que balivernes. "Aimer son prochain comme soi-même, l'intention semble bonne, mais pas très réaliste. Ne

* Marc-Endy Simon, *Je ne pardonne pas au malheur*, poésie, Atelier Jeudi soir, 2011.

pas tuer déjà, ce ne serait pas plus mal." Il y a toutes sortes d'assassins dans les rues. On peut tuer un pays en signant le mauvais traité. On peut tuer un homme en lui volant son droit d'aimer. Si tous les riens de ce monde leur mettaient la main au collet, les assassins iraient moins bien. Rien plus rien ça ferait quand même quelque chose. Pourtant ce ne sont pas les assassins qui payent. Halefort a séjourné deux fois au pénitencier national, à quelques rues de la nôtre. Les enfants du quartier s'arrangeaient pour lui apporter du pain frais, de l'eau et des bonbons. Il sourit en évoquant cette période. Il n'a jamais été aussi bien nourri qu'en prison. Grâce aux enfants. Mais ils n'ont jamais rien apporté à Jean qui avait enfermé sa femme dans une pièce pour la protéger des regards. Elle ne pouvait même pas se tenir au balcon pour regarder passer les morts. Et, pendant deux ans, aucun vivant n'a pu poser les yeux sur elle. À part son assassin. Jean n'est resté que deux mois en prison. Le ministère public n'a pas pu faire la preuve d'une négligence coupable, voire de violence ou de séquestration. Le brave commissaire a abandonné l'affaire et Jean est rentré chez lui. Mais un soir qu'il passait devant chez elle man Jeanne lui a versé du pissat de chatte sur la tête. Et jamais les enfants ne lui ont apporté quoi que ce soit durant son séjour en prison. Ni après. Quand il est revenu s'installer sur le lieu de son crime. Parfois, je regarde Joëlle et j'imagine qu'elle finira peut-être comme ça. Emmurée. Dans l'ombre de Wodné. Cela me fait-il vraiment de la peine ? Je ne sais pas. Peut-être plus de nostalgie qu'une vraie douleur. Un peu comme si elle était déjà morte. Et que nul n'est encore venu piller sa tombe. Qu'elle me pardonne. À la rue de l'Enterrement, nous sommes si proches des morts que nous savons qu'ils nous pardonnent d'être moins rigoureux envers ceux qui violent leurs tombes qu'envers ceux qui, de coups de langue en coups de main, envoient les vivants à la mort.

Le vieux relieur a fermé boutique. Depuis que le petit professeur ne fréquente plus notre rue, personne ne lui apporte de travaux. Le soir, avec son compère, le cordonnier, ils jouent aux cartes. Joseph et Jasmin. Comme le relieur ne voit plus rien, c'est toujours le cordonnier qui gagne. Mais je crois que ni l'un ni l'autre n'accordent la moindre importance à la défaite ou la victoire. Ils boivent beaucoup et ont du mal à se lever après la dernière partie. Ils ont engagé Hans et Vladimir pour les conduire à leurs lits respectifs. Mais les petits malins les couchent parfois dans le même lit. À leur réveil ils s'engueulent. Pourquoi m'as-tu couché ici ? Espèce de vieux vicieux ! C'est un jeu entre eux. Peut-être un jour trouvera-t-on Joseph et Jasmin enlacés dans la mort. Hans et Vladimir les appellent "les fantômes" Quand ils passent devant moi sur mon bord de trottoir, ils disent : "On va s'occuper des fantômes." Mais ce n'est pas méchant. C'est une mesure de prévoyance, afin d'assurer aux deux vieux une éternité dans la mémoire de la rue, maintenant qu'ils ont déjà un pied dans la mort. Les inscrire dans un temps plus long que les quelques mois ou quelques années qu'il leur reste à vivre. Puisqu'un fantôme ne meurt jamais.

Julio ne sort plus avec le jeune cadre aux cheveux longs. Les beaux cadres aux cheveux longs ne restent pas longtemps à un même poste, dans un même lieu. Et un jour ils finissent par perdre leurs cheveux. Il sort à présent avec un cadre plus haut placé et chauve qui a dû avoir des cheveux autrefois. Il semble moins heureux. Le jeune cadre aux cheveux longs qui n'était qu'à son deuxième poste, Julio pouvait croire l'avoir choisi. Et il aimait aller vers lui comme on aime sa liberté. Le cadre chauve et haut placé qui en est à son septième poste, nul ne peut ignorer qu'il est le seul libre des deux. Quand il a envie de plaisir, il fait chercher Julio. De jour ou de nuit. Les chefs ont des horaires flexibles. Julio ne se précipite plus pour monter dans le véhicule peint en blanc de la mission civile de l'Occupation, quand il s'arrête au bout de la rue. Il avance lentement, comme vers une fatalité.

Nous semblons tous glisser dans la fatalité. Le matin, Joseph et Jasmin écoutent ensemble les nouvelles. Jasmin est presque sourd, ils mettent le volume au maximum, et nous entendons tous ce que l'on sait déjà. Que le représentant de telle organisation internationale a dit que les choses s'améliorent, que le pays va bien. Que tel contingent venu de tel pays a été remplacé par tel autre contingent venu de tel autre pays. Que le corps de tel autre adolescent a été retrouvé non loin de telle autre base militaire. Que, comme d'habitude, les enquêteurs privilégient l'hypothèse du suicide. Que le processus électoral est bien engagé sous le contrôle bienveillant des forces d'Occupation. Qu'une nouvelle grève a été lancée dans les facultés rattachées à l'université d'État. Le gueulard qui s'entraîne devant son miroir passe parfois à la radio pour parler "pensée scientifique". Sans doute parce que les humoristes ont du mal à trouver des blagues qui font rire. Ou parce qu'il manque de voix fortes. Il faut combler le déficit : alors on ouvre la voie aux clowns et aux usurpateurs.

La dernière bonne blague, c'est le coup du zombie. Elle a fait le tour de la ville et provoqué les rires dans les foyers et dans les bars et même inspiré quelques comiques à la radio. Une troupe spécialisée dans le théâtre de rue en a fait un sketch qu'elle joue dans les marchés publics et sur le perron des chapelles les jours de fête patronale. Vexé par le ridicule éclaboussant ses troupes, le chef de la police a émis un communiqué rappelant à tous la devise de l'institution : protéger et servir, une tâche ô combien difficile méritant le respect. Irréalisable sans le concours et la collaboration de l'ensemble de la population. Il a ensuite ordonné une surveillance plus stricte de la zone du grand cimetière. Affectés à cette tâche, les sans-grades de la dernière promotion se sont appliqués à des rondes qui ont ralenti pendant quelque temps les activités de la bande de Halefort. Mais, misérables, les policiers se sont plaints entre eux de la honte d'avoir passé le concours national pour monter à la capitale faire le guet au chevet des morts. Les murmures se propagent. Mis sous pression par cette surveillance indécente, les pilleurs ont demandé à Halefort, leur chef, de proposer une entente aux gardes mécontents. Après tout, même le gardien du corps du Christ avait abandonné son poste. Policiers et pilleurs de tombes ont conclu leur accord un soir sous la fenêtre de man Jeanne. Les voleurs consentent à partager leurs profits et à se faire plus discrets. Ils y gagnent de travailler dans la paix, à des heures régulières, comme des employés de bureau, et bénéficient d'un revenu fixe. À tour de rôle, à raison d'une arrestation par mois, l'un d'entre eux est désigné pour se laisser accuser de tentative de vol de cercueil et passe quelques heures au commissariat pour en sortir blanchi. L'entente fonctionne à merveille, sans aléas et sans danger. Cependant la stabilité ainsi acquise ne les rend pas toujours heureux. Halefort a réglé ses dettes de jeu et d'alcool. Il a aussi changé son air d'aventurier contre une allure plus respectable, et même les vieilles dames du quartier répondent désormais à son salut. Il ne se cache plus de son fils qui vient le voir régulièrement et paraît moins chétif et mieux vêtu. Mais la nuit, tandis que ses subalternes détroussent les morts sans se presser et chargent les cercueils dans des cars de la compagnie nationale de transports en commun, Halefort se traîne, nostalgique, dans les corridors et les venelles avoisinant la rue de l'Enterrement. Les passants attardés le prennent parfois pour un fantôme. Il lui arrive de disparaître durant quelques jours et de revenir sourire aux lèvres. Je le soupçonne d'aller ouvrir des tombes dans des cimetières de banlieue pour se refaire la main et retrouver le goût du risque. Quant aux policiers dont la tâche est moins excitante que celle des voleurs, ils y gagnent des heures de sommeil. Plus de temps avec leurs maîtresses. Et leur prestige s'accroît dans leurs patelins respectifs. À la mort d'un parent, ils répondent aux appels à l'aide de leur communauté en y faisant livrer un beau cercueil de deuxième main, preuve qu'ils ont réussi à la capitale sans oublier leurs origines. La nuit, le bruit des pioches et des pelles me parvient désormais comme une chose très lointaine, mais par trop régulière, sans la moindre surprise, et je me sens plus seul lorsque j'écris.

Comme par le passé, un mercredi par mois, j'accompagne Popol lorsqu'il va chercher Sophonie au "Kannjawou". Nous regardons la vie des autres sans parler. Monsieur Régis reste monogame à grands coups de whisky qu'il boit seul derrière son bureau. Sa femme appelle toutes les heures et invente de nouvelles injures à chaque appel. Les mots sont parfois difficiles et monsieur Régis va consulter monsieur Vallières : "Isabelle la catholique m'a qualifié de sybarite." Monsieur Vallières est le seul de sa clientèle à fréquenter ce genre de mots. Sybarite ou pas, monsieur Régis transpire beaucoup. Plus elle appelle, plus il transpire. Un jour il tombera dans sa sueur. Nous n'entendons pas les paroles, mais de la cour on peut voir qu'il perd toute son eau et bafouille en faisant des gestes de noyé.

Dans les forces d'Occupation et les bureaux des ONG, au nom de la démocratie et du principe de rotation, et pour que toutes les nations en profitent, les postes changent régulièrement de titulaires. Un expert en remplace un autre. Ainsi la clientèle du bar change-t-elle à un rythme si accéléré que Sophonie a du mal à mémoriser les prénoms des clients. La grande blonde est partie, remplacée par une rousse au même profil. Les trois mousquetaires aussi. Sont venues d'autres filles qui n'ont pas encore fait leur choix entre les étalons à l'affût et les cadres étrangers. Les étalons ont pour eux leurs chemises exotiques et leur maîtrise des pas de danse. Marc porte la même guayabera et a jeté son dévolu sur une psychologue au regard abîmé qui dirige un projet pour la réintégration des enfants des rues. Les jeunes cadres étrangers vantent aux nouvelles venues leur ancienneté pour la meilleure des garanties sécuritaires. "Si tu es désireuse de mieux comprendre les habitudes du pays, de connaître les meilleures plages et de partir en randonnée vers les terres intérieures, je suis ton homme. Je connais déjà la langue et me suis habitué aux mœurs." Viennent aussi des soldats qu'on reconnaît à leurs crânes rasés et leur musculature. Mais c'est plus rare. Les civils gagnent mieux. Les bars, c'est comme les cortèges funéraires. Les cœurs se lisent sur les corps. Au "Kannjawou", à part monsieur Vallières et la petite brune, on voit des corps qui ne doutent pas. Comme une pensée unique. Heureux les corps des occupants. Les intellos ont beau parler de structures et de faits globaux, l'Occupation, c'est d'abord des corps. Les enfants de la rue de l'Enterrement le savent. Au Centre culturel, quand Wodné leur demande de dessiner sur le thème de l'Occupation, les corps sont plus nombreux que les choses. C'est étrange que Wodné se soit chargé de cette tâche. Il n'aime plus dessiner. C'est loin le temps des villes imaginées qu'il dessinait avec Popol. Aujourd'hui je crois qu'il n'aime que la haine et la possession. Et cette chose improbable pour laquelle il se prépare. Petits, nous rêvions d'une ville en fête. Je ne vois pas Wodné organiser une fête. Il a pourtant le corps heureux, comme l'occupant. À la fac, au moindre accrochage entre un étudiant et un prof ou un membre de l'administration, il arrive. Comme les gros bras qui sont en tête des bandes rivales lors du défilé carnavalesque et qui espèrent qu'un crétin fera le coup de poing le premier pour leur donner l'immense plaisir de taper sur les faibles. Le corps de Wodné a le nez pour la crise et exulte de joie quand s'en pointe une nouvelle. Un corps en arc de triomphe. Surtout depuis que le petit professeur a cessé de visiter le quartier. Je remarque que Joëlle marche toujours derrière lui et parle d'une voix monocorde. L'un des gamins a dessiné un couple. Sans mettre de noms. On voit l'homme devant, la femme derrière et une corde qui les lie. Wodné n'a pas souhaité commenter le dessin, sous prétexte que, distrait, le petit, ça arrive, s'était trompé de thème. Sophonie est intervenue : "Tout doit être commenté ou ne commentons rien. Et puis les pouvoirs se ressemblent." Sophonie ne prend pas souvent la parole au Centre. Il y a même quelques imbéciles qui pensent que c'est bien ainsi, à cause de son emploi. Et parce qu'elle a abandonné ses études depuis longtemps. La parole aux inscrits au programme de masters. Mais Sophonie, elle a la confiance des enfants. Wodné se fatigue vite. Côté endoctrinement, les enfants sont moins malléables que les jeunes adultes. Il ne suffit pas de leur dire : "Vous êtes traîtres à vous-mêmes" pour leur donner mauvaise conscience, pour qu'ils jettent, apeurés, leurs cœurs à la poubelle. Ils ne ratent jamais un : pourquoi ?

— Pourquoi c'est toi, le chef ?

— Pourquoi il ne vient plus, le petit professeur, nous faire la lecture ?

— Pourquoi tu ris jamais ?

— Est-ce que tu pleures parfois ? C'est quoi aimer, pour toi ?

Oui, Wodné, pourquoi Joëlle, elle dit : "Il ordonne. J'exécute" ? Pourquoi as-tu peur des enfants ? Les enfants, c'est cette force incontrôlable qui marche dans le milieu du vent. Popol les aime bien, sans savoir comment s'y prendre avec eux. Moi, tout ce que je sais faire, c'est leur lire des histoires. Mais j'ai honte de le faire à la place du petit professeur. Et j'ai beaucoup de mal à écouter les leurs. Les enfants sont capables d'étranges analogies, et malheur à qui prétend savoir où les attendre. Un enfant, c'est jamais une horloge arrêtée, sauf lorsque le malheur les a frappés trop fort et qu'ils n'osent plus bouger. Les enfants, ils voyagent tout le temps, montent au ciel, descendent vers les fonds de mer, dansent avec les couleurs, les mots, marient les vivants et les morts, les jeunes et les vieux, remplacent le réel par le rêve quand le réel est mauvais, te montrent un rêve en te disant : "Tiens, voilà le réel" et te regardent avec un air de défi, des fois que tu voudrais prétendre que leur rêve n'a pas raison. Et puis soudain ça devient pragmatique, plus réaliste que toi, te disent que le père Noël, s'il existait il est bien mort vu qu'il ne passe jamais à la rue de l'Enterrement. Et s'il est pas mort — on peut pas savoir, y a pas de tombe à son nom sous la poussière du grand cimetière — c'est qu'il est occupé ailleurs. Ils te surprennent, t'expliquent que toutes ces histoires d'esprits bienfaiteurs, de bonhomme de neige, de poupées blanches, de poissons-fées qui vivent dans la mer, c'est des choses qu'on met dans les livres illustrés de gentils dessins pour nous faire oublier combien le pain est sec les soirs où y a du pain. Les enfants, ils te bougent tout le temps, t'entraînent où tu ne veux pas aller, vident tes boîtes de Pandore, percent tes vieux secrets, t'enlèvent ton masque, te révèlent à tes simulacres au moment où tu t'y attends le moins, voient la corde invisible entre l'homme qui marche devant et la femme qui marche derrière, et les luttes de pouvoir derrière les belles paroles. Sophonie est la seule qui parvient à les suivre dans leurs voyages sans se fatiguer. Quand elle leur parle, ils l'écoutent. D'ordinaire elle laisse faire Wodné et sa bande et ne se mêle pas trop des affaires du Centre. Mais quand il s'agit des enfants, c'est elle la chef. Sans le vouloir. Les enfants ont choisi. Celle qui entend avant les autres les mots de notre bouche, celle qui fait les choses parce que nous et pour nous, sans se prendre la tête ni piétiner les autres, c'est elle, notre chef. La chef a dit : "Il faut tout commenter." Joëlle est restée muette. Dans le silence j'ai entendu la distance entre les deux sœurs. Et je me suis demandé si Anselme avait lu dans son vieux jeu de cartes que ses deux filles ne suivraient pas le même chemin, qu'il aurait peut-être deux moitiés de kannjawou. Deux morceaux de fête. Deux chemins de vie allant en sens contraire. Pauvre Anselme. Anselme au corps usé, espérant que ses deux filles le soutiendront, chacune lui prenant un bras, pour l'aider à marcher une dernière fois vers ses terres. Qu'une voiture viendra les chercher pour les conduire à l'Arcahaie, sur des terres qui ne lui appartiennent plus depuis longtemps. Qui n'appartiennent plus à personne. Même les anciens militaires et les avocats véreux qui se les sont appropriées n'en veulent plus. Des terres qui appartiennent désormais au cactus et à la poussière, où s'arrêtent les voitures des experts et des étrangers en villégiature pour photographier la sécheresse.

Anselme qui se prépare à faire le voyage inventé vers son village natal où les attendent, lui et ses filles, *vaccines** et tambours, danses et victuailles. Anselme qui se croit au temps où il était assez riche pour s'offrir encore un *babaco** avec des vaches, des porcs, du clairin et des liqueurs pour tous. Anselme qui est retourné en enfance. Anselme qui croit que ses filles s'attellent aux préparatifs. Anselme, un reste de corps. Avec ses jambes inutiles. Son jeu de cartes abîmé. Anselme qui savait dire : par les vertus de l'as de pique et la ruse du valet de carreau, toi, femme, un homme entrera dans ta vie qui t'aimera un temps et puis te quittera ; toi, jeune homme, par la puissance du roi de cœur et la beauté de la dame de trèfle, tu aimeras deux femmes, la première te donnera tout, tu la quitteras pour une image, la deuxième te prendra tout, tu erreras longtemps dans des quartiers marins, et tu mourras en haute mer un soir de pleine lune. Toi, le vieil homme au corps cassé, la vie te réserve des surprises, si tu es un homme juste, justice te sera rendue, et tu retrouveras ce que tu crois avoir perdu. Anselme se parlant à lui-même en prétendant parler aux autres. Anselme et ses divinations. Anselme et ses divagations. Qui n'avait pas vu venir qu'on lui prendrait ses terres. Qu'il serait forcé de les vendre à bas prix. Qui n'avait pas vu venir Port-au-Prince, la petite maison de la rue de l'Enterrement. Immacula et le premier bébé venu trop tôt. Avant même qu'ils ne s'adaptent au vacarme de la ville. Et le deuxième, trois ans plus tard. Encore une fille. Et les efforts, l'épuisement des piastres* tirées de la vente forcée des terres. Les emprunts, le petit boulot d'Immacula en tant qu'aide-infirmière. Et un jour, comme ça, sans avertissement, une douleur à la poitrine. Et l'aînée des petites, rentrant de la petite école, demandant : "Où est maman ?" Et la réponse : "Sois grande." Et depuis ce jour-là, elle a été grande pour trois. Plus grande encore, quand les choses ont commencé à chavirer dans la tête du père. Anselme qui s'en est retourné vivre sur ses terres. Sans bouger. Anselme qui ne sait pas que les kannjawou d'aujourd'hui, ça se danse dans des bars de riches et que Sophonie porte les verres et les plateaux dans l'un de ces bars. Anselme qui n'a pas besoin de savoir que, sur la route qui mène à l'Arcahaie, il y a des soldats qui ne parlent pas la langue du pays. Anselme qui n'a pas besoin de savoir que les diseurs de bonne aventure de ce temps, ce sont des messieurs en costume, riches de *per diem* et de primes de risques, qui vont, viennent, s'en vont, reviennent, décident du jour où il conviendra de dévaluer la monnaie, de remplacer tel pont par un autre, de faire sauter à la dynamite tel pan de montagne, du jour où ils partiront, mais ce n'est pas demain la veille : "Il reste tant de choses à faire ici." Anselme avec ses jambes de peau et d'os. Ses jambes de baguettes de tambourin, comme disent les enfants. Ils ont raison. Le monde n'est que corps. Rapport d'un corps à l'autre. À lui-même. À l'espace. Dans les rues, les enfants voient plus de chars et de véhicules blindés, plus de drapeaux et de sigles que de soldats et d'officiels. Mais un objet qui n'est pas à sa place étonne moins qu'une personne. L'objet, on se dit qu'on pourrait soi-même le manipuler. Les chars et les voitures blindées, il suffirait d'un manuel d'usage pour apprendre à les faire bouger. Les drapeaux, chaque fois que quelqu'un les monte, quelqu'un d'autre viendra les descendre. L'objet ne vaut rien par lui-même mais par la force de la main qui exerce son pouvoir sur lui. Tandis que la personne, sa présence fait la preuve de son pouvoir. Quand une personne s'installe dans ta maison et te dit : "Va-t'en, ne reste pas là" ; ou quand la personne te dit : "Reste là. Ne bouge pas. Tais-toi et laisse-moi faire", c'est la preuve qu'elle a pris le pouvoir. Et ce pouvoir, tu n'es plus que l'objet sur lequel elle l'exerce. Le corps de l'occupant est libre. Il peut partir, rester, s'en aller, revenir. Au "Kannjawou", Sophonie a été témoin d'une chose horrible qui, peut-être, est courante, vu qu'il y a d'autres bars et d'autres ambassades. Un soir où il y avait peu de monde, un jeune cadre était parti du bar assez éméché. Dix minutes plus tard, il était revenu le visage défait. Il avait rejoint sa tablée. Murmures et coups de téléphone. Puis un véhicule de son ambassade et un chargé d'affaires étaient venus le chercher. Le lendemain, on le mettait dans un avion. Sur la route menant à son appartement, le véhicule qu'il conduisait avait heurté un passant, le projetant dans un fossé. L'homme était mort sous le choc. Un homme qui marche. Une voiture qui roule trop vite. Un corps dans un avion. Un corps dans un fossé. Un quidam et une ambassade. Un corps vivant et un corps mort. Un qui aura le choix d'oublier ou de se souvenir. Un autre dont personne peut-être ne se souviendra. Rien n'a fuité sur l'identité du mort. Peut-être avait-il des enfants, un amour. Mais parfois ceux qui survivent n'ont pas moyen de se souvenir. Survivre peut être un travail à plein temps qui consomme toute leur énergie. Quand tu ne sais comment tu vas finir le jour, il n'y a dans ta vie ni hier ni demain, ni rêve ni mémoire. Ce peut être pour cela qu'il y a moins de monde dans les cortèges. Occupés à ne pas mourir, les vivants n'ont plus le temps d'accompagner les morts.

Au "Kannjawou", parmi les serveurs, Sophonie est maintenant la doyenne. Fritznel a demandé un congé spécial pour visiter sa mère mourante dans un village de la Grande Anse. Il n'est jamais revenu. Aux dernières nouvelles, la vieille a vécu plus longtemps que prévu, et, comme il fallait s'occuper pendant la période d'attente, le fils prodigue s'est remis au travail des champs et il a repris goût aux fêtes champêtres et à la culture des tomates. Il proclame que pour rien au monde il ne remettra les pieds à la capitale. Il envoie de temps en temps des légumes de son jardin au patron, pour se rappeler à son souvenir. Il fait partie des derniers fous qui y retournent, à la campagne. C'est ce que dit monsieur Régis qui emmène les légumes chez lui. On ne partage pas tout avec la clientèle. Abner se servait trop souvent dans les caisses de bière et commençait à tituber durant les heures de travail. Finalement, le patron lui en a fait la remarque en soulignant qu'un homme devait avoir le sens de la mesure. Plutôt que d'être révoqué, il a préféré donner sa démission en jouant la victime indignée, en emportant tout de même deux bouteilles dans son sac à dos. Il a trouvé une place dans un autre bar et il est passé de la bière au whisky.

Deux petits jeunes les ont remplacés. Marcello, dont ce n'est pas le vrai nom. Mais il a longtemps cherché du travail sous son patronyme sans jamais rien trouver. Un nom, on le sait, peut donner une mauvaise image. Après mûre réflexion, il a adopté celui de Marcello. À cause d'une légère ressemblance avec le footballeur brésilien, que personne n'aurait remarquée s'il s'était présenté en déclarant s'appeler Boniface Beauséjour. "Marcello. Tiens, c'est vrai que tu lui ressembles un peu" et le tour était joué. Pour ajouter à sa légende, il fait croire qu'il joue ailier gauche dans un club amateur tous les samedis matin, alors que tout ce qu'il joue, c'est la moitié de ses pourboires à la loterie du dimanche. Le patron a aussi engagé Franklin qui est un peu plus âgé mais présente bien et ne joue ni au foot ni à la loterie. Il est très gentil. Trop, selon le cuisinier qui a des idées fixes sur la virilité. Franklin a voulu expliquer que ce n'est pas de sa faute, qu'enfant ses parents le fouettaient, sa mère récitait des neuvaines et consultait même un *bokor**, mais les fessées comme les prières œcuméniques n'y avaient rien changé, il préférait au foot les cheveux des poupées sauf quand les joueurs étaient très beaux. Le patron l'a interrompu en disant que vu le nombre de clients homosexuels qu'il recevait, les serveurs pouvaient bien l'être aussi. Et de toutes les façons, la sexualité des gens, c'est leur affaire, du moment qu'ils ne laissent pas de préservatifs dans ses toilettes.

Le client le plus régulier reste monsieur Vallières.
Ceux qui viennent pour la première fois se laissent
prendre au piège et répondent à son invitation. Il
leur offre la première bière et ils se mettent à sa
table, mais se lassent très vite de ses visitations dans
le temps et l'espace, et jettent des regards désespérés
aux autres tablées, espérant qu'une bonne âme viendra les libérer des démêlés d'Alexandre le Grand avec
la mort, de l'usage de la rhétorique dans les *Catilinaires*, et autres thèmes sans intérêt. Puis, cédant à
l'appel du devoir de bamboche, ils l'abandonnent
à ses fantômes et s'en vont vers la piste en emportant leurs bières. Lui continue de lugubrer sur l'in-
culture de ceux qui confondent Haïti et Tahiti, les
Catilinaires de Cicéron et l'œuvre d'une romancière
à la mode dont il n'a pas retenu le nom, croient
que le mythe des Amazones est né avec le Nouveau
Monde... Il fait trop vieux et quelques jeunes sont
allés se plaindre au patron de cette présence qui
gâche l'ambiance. Le plaisir n'est pas moins totali-
taire que la douleur. Il réclame de prendre toute la
place. Toute autre présence l'insupporte. Je ne sais
plus dans quel roman emprunté à la bibliothèque du
petit professeur, un dictateur fait raser un bidonville

et ne laisse debout que la maisonnette de la femme qu'il désire. Il la contemple de son palais avec des jumelles surpuissantes. Au bar il y a des dictateurs. Que vient foutre ce vieux dans un bar de jeunes, comme pour nous rappeler qu'il y a dans la vie autre chose que nous et ce que nous faisons ? Le "Kann-jawou", il est à nous. Le patron, il réserve toute sa peur pour sa femme et ne garde rien pour les autres. Le "Kannjawou", il est à moi. Il a ordonné à l'agent de sécurité de mettre ces insolents à la porte. Sortant de son whisky, il s'est confié à Sophonie et aux autres serveurs. "Rien ne dure. Ils s'en vont tous. Et un jour ce bar ne sera plus qu'un souvenir. Une relique. La mode s'arrêtera avec l'Occupation. Personne ne viendra plus ici. À part lui. Un jour, il ne restera que lui et moi. Eux, ils cherchent à manger la vie. Ici, ailleurs. Partout. Ils détruiraient le monde pour payer leurs voyages. Lui a choisi mon bar : seule la mort le chassera d'ici. Priez qu'il vive longtemps, pour garder votre emploi." Mais il y a peu de chance. Les employés partiront sans doute avec les clients. Ou avant. Franklin fait des économies pour ouvrir un salon de coiffure et retourner dans son enfance. Marcello espère que son nom lui ouvrira bien d'autres portes. Avec son expérience, le chef répondra un jour à l'offre d'un grand hôtel. J'ignore quels sont les projets de Sophonie. Mais je crois qu'elle a assez donné et un jour elle décidera que la faiblesse est humaine, qu'elle aussi a le droit d'être avide et méchante. De prendre plus qu'elle ne donne. Oui, bientôt le patron se retrouvera seul. Et il lui faudra d'autres prétextes que l'avalanche des clients et les urgences de son commerce pour fuir les appels de sa femme. Monsieur Vallières ne tiendra pas longtemps. Il a de plus en plus la tête d'un mourant. Il a laissé la gestion du magasin à l'aîné de ses fils. Le cadet collecte les loyers des immeubles du centre-ville. Et sa fille lui interdit de s'approcher de ses petits-enfants lorsqu'elle décide qu'il a trop bu. Il arrive à l'un des trois de venir le chercher les soirs où il s'endort à sa table, le visage couché sur ses bras repliés. J'imagine que ça discute beaucoup avant que la fille ou l'un des deux fils ne se décide de mauvaise grâce à exécuter la corvée du ramassage du vieux. On peut croire qu'un soir, sa tête, il ne pourra plus la relever, et ses fils n'emporteront avec eux qu'un corps sans vie qui sera inhumé dans le nouveau cimetière, au nord de la ville. Ses funérailles seront suivies par un cortège de voitures neuves desquelles descendront des héritiers et de vieilles connaissances en habits neufs. Il n'aura pas droit au "rire innombrable de la mer" ni à "ce toit tranquille où marchent des colombes". Après tout, c'est de sa faute, dirait Wodné. Il n'avait qu'à leur inculquer le goût du beau plutôt que le sens des affaires. Je doute cependant que Wodné ait lu Eschyle et Valéry. Trop abstraites, ces lectures sont pour lui une perte de temps, comme pour les hommes d'affaires, ses prétendus ennemis. Dans son petit cercle de révoltés en mal de diplômes, il dénonce sans trop de risques les puissants du monde des affaires. Pourtant il y a deux choses qu'il partage avec eux. L'ignorance absolue du principe de la perte. Une haine farouche du mystère et du rêve. Ou rien qu'une chose, mais elle vaut pour toutes les autres : la haine, tout simplement.

Sandrine est partie. Elle a donné une fête, son kann-jawou de départ, dans un bar qui aura du mal à s'imposer. Le patron, un ancien cadre de la coopération reconverti dans la restauration, s'y promenant parfois avec son chien que, visiblement, il préfère à la clientèle. Il ne connaît rien au métier. La preuve, c'est qu'il a embauché Abner qui boit autant que les clients. C'est Abner qui a raconté à Sophonie. Les fêtes se suivent et ne se ressemblent pas. Pour sa fête de départ, la petite brune avait choisi les fausses lunes des lampes kitch, un quartier sans piétons, un bar neuf, et chacun était invité à payer son verre. Popol et Sophonie ne comptaient pas parmi les élus. Ne buvaient le pot du départ que des collègues de travail, tous étrangers, plus une Belge et une Espagnole, deux amitiés du cours de danse. Le seul autochtone présent à l'occasion se tenait un peu à l'écart et ne se mêlait pas à la conversation. C'était le compagnon malade de jalousie d'une attachée culturelle qu'il avait failli jeter par la fenêtre de l'appartement qu'elle payait pour eux deux, un soir qu'elle l'avait accusé de ne dire que des sottises en présence de ses invités. L'ambassade avait caché l'affaire et conseillé à l'attachée de se faire réparer les côtes à ses frais, en toute discrétion, et de mieux choisir ses partenaires sexuels. Le couple a depuis trouvé un arrangement. L'attachée continue de payer l'appartement. L'étalon y a droit à la chambre du fond dans laquelle il s'enferme lorsqu'elle reçoit du beau monde. Il peut l'accompagner dans ses sorties à condition de se montrer discret. Tandis que la petite brune et ses amis discutaient du poste qu'elle va bientôt occuper dans un pays d'Asie, il buvait une bière locale au bar, les yeux dans le vide, et sans doute les idées aussi. Après une escale en Bretagne, le temps de voir ses parents et son premier neveu, la petite brune partira prêter ses services à un autre pays malade où des typhons ont fait des dégâts que les dirigeants locaux seront incapables de réparer.

Depuis la nuit du mercredi où, sortant de ma chambre, j'avais vu les trois corps enlacés, l'un des trois ayant sans doute ouvert la porte dans la nuit pour laisser entrer un peu d'air, la petite brune n'est jamais repassée par la rue de l'Enterrement, et elle n'a jamais adressé la parole à Sophonie les soirs où elle est venue au "Kannjawou". Il faut dire qu'elle est venue moins souvent qu'avant, durant les semaines ayant précédé son départ. Moins frénétique et apeurée que lorsqu'elle rasait les murailles, cherchait les coins d'ombre, comme font les petites bêtes s'aventurant dans des espaces où elles savent qu'à coup sûr elles vont être dévorées par des espèces plus dangereuses. Craignant la morsure. La cherchant pourtant. Elle a changé. Moins triste. Plus légère. Ailleurs, déjà. Comme si elle avait jeté derrière sa tête ce qu'elle avait vécu dans ce pays. Les larmes. Marc. Cette étrange nuit d'amour où elle avait reçu autant qu'elle avait donné, donné autant qu'elle avait reçu. Le dernier soir, Marc a voulu l'inviter à danser. Elle a d'abord refusé en secouant la tête. Il a insisté. Elle a encore refusé. Avec un sourire. Je crois que c'est le sourire qui l'a tué. Il est resté un instant sans bouger. Comme un coq sans éperons a honte de lui-même et se rend compte du ridicule de sa présence dans l'arène. Le pire pour le pitre est de sentir qu'il ne reste de lui que son costume de pitre. Que si on enlevait le costume, lui-même verrait qu'il n'y a rien en dessous. Il était là, fantôme bombant le torse sous sa guayabera. Mais un prédateur, ça ne meurt pas longtemps. Vingt fois sur le métier, remettez votre guayabera. Je me demande quels sont ses rapports avec la femme qui la lui lave. Il doit bien exister une mère ou une servante qui lui prépare son costume et lui sert son café pendant qu'il peaufine son numéro. Peut-être qu'à l'heure de sortir, il tend les bras, à cette femme, en lui disant : "Passe-moi ma tenue." Comme font les chirurgiens au moment d'entrer dans la salle d'opération. Un chirurgien ne meurt pas d'avoir raté une opération. Tant qu'il y aura des corps… L'homme-guayabera s'est repris, jetant un regard à la ronde pour s'assurer que personne ne l'avait regardé se regardant. Puis il est parti vers une autre tablée. Ressuscité. Il est des gens chez qui la honte n'est pas de longue durée. La honte peut tuer. Et eux veulent vivre. Leur dernière volonté : être là demain. Profiter. Bouffer le cul, le con, le cœur de l'autre. Bouffer l'air, le temps, les fleuves, les villes, les routes, les gratte-ciels, les sentiers, les périphériques, la Grande Ourse et la Petite Ourse, les archipels, les continents, les ponts, l'eau qui passe sous les ponts, les humains qui se jettent dans l'eau. Empiffrer le monde. Leur modèle, c'est l'ogre. Pourtant, Marc ne doit pas être riche. Il doit habiter une maison semblable à celles de la rue de l'Enterrement. Si c'est une servante qui lave sa chemise, il a du mal à la rémunérer à la fin du mois, à moins d'appeler une de ses conquêtes à la rescousse. Si c'est sa mère, elle doit tout faire pour deux : le linge, le travail, la vaisselle. Préparer le seau pour le bain. Si c'est une servante, elle a développé au fil du temps les ruses et les pouvoirs d'une maîtresse. Se débrouiller avec le peu qu'il lui donne pour inventer des repas chauds. Faire du chantage. Menacer de partir. De lui brûler sa chemise. Qui d'autre que moi accepterais de travailler dans ces conditions ? L'attendre dans son lit. Sachant qu'après la chasse aux Sandrine, Corinne et autres Gaëlle, il lui reviendra. Si c'est une mère, elle doit être dans l'embarras lorsqu'une vieille amie lui demande : que fait ton fils ? Un jour le chagrin la tuera pendant que le fils en question bombera le torse sous sa guayabera dans un bar à la mode. Peut-être verrons-nous Marc défiler à la tête d'un cortège, un matin, dans notre rue. Un cortège composé de paysannes mal à l'aise dans leurs tenues de ville et de gens humbles qui n'ont jamais mis les pieds dans un bar comme le "Kannjawou". Ni même dans un bar comme celui où nous sommes allés avec le petit professeur. Ni même dans aucun bar. Des gens qui ne participent pas aux mondanités, ne sortent de chez eux que le temps de gagner un salaire modeste. Si c'est une servante qui lui lave son linge et lui prépare ses repas, peut-être un jour lui mettra-t-elle de la mort-aux-rats dans son bol de riz, et le regardera crever avant de s'en aller. Man Jeanne raconte l'histoire d'une servante-maîtresse qui a tué son amant-patron non pas à cause des arriérés de salaire qu'il ne pourrait jamais payer. Ni à cause des maîtresses légitimes qui passaient la nuit dans le lit qu'elle devrait lui faire au matin. Mais simplement parce qu'en lui faisant l'amour il refusait de l'embrasser. *Si je suis une femme, embrasse-moi, moi aussi j'ai des lèvres, comme tes pimbêches.* Si c'est une mère, peut-être découvrira-t-il un matin que son vieux cœur s'est arrêté, pendant que, penchée sur le sol, assise sur sa chaise basse devant le réchaud installé sur des pierres, elle allumait le charbon pour lui préparer son café. Estce que sa conquête du moment marchera à ses côtés, très digne, très pâle, très concernée dans sa tenue de deuil ? Ou refusera-t-il sa présence en réclamant la mort comme sa seule zone de vérité ? Ou refuserat-elle de l'accompagner ? Elle est venue pour la joie, pas pour la mort. *Va faire ton deuil, et reviens-moi.*

Le dernier soir de Sandrine au "Kannjawou", malgré la jeunesse de la clientèle et la violence des déhanchements, m'est venu un air ancien que man Jeanne adore fredonner. Elle l'utilise pour faire court, pour désigner les gens qui ressemblent à des choses. *Ainsi font, font, font les petites…* Ça me fait rire de la voir bouger ses vieilles mains et retrouver soudain une allure de gamine en prononçant sa sentence sans appel sur tel homme qu'elle a connu dans sa jeunesse, telle personnalité de la vie publique, ou tel garçon ou fille du quartier partageant le désastre d'être passés à côté de leur vérité. *Ainsi font, font, font… Trois petits tours et puis s'en vont…*

Mademoiselle, voulez-vous danser ? Mais on n'utilise plus ces formules à l'ancienne. Après avoir chassé Marc de sa tête, la petite brune a répondu à l'invitation d'un autre homme. Ils ont commencé à tourner sur la piste. Puis, oubliant l'homme, elle a commencé à danser toute seule. À répondre à l'appel de la musique. Rien qu'elle et la musique. Pour la première fois, elle n'offrait pas le spectacle pitoyable d'un corps offert à l'indifférence, implorant un partenaire qui la traitait comme s'il lui faisait une faveur, la touchait comme on touche un chien débordant d'affection, d'une caresse distraite, forcée, avant de le renvoyer à sa niche. Pour la première fois, sa danse était libre, ne virait pas au simulacre, à la plainte, n'implorait personne : torture-moi, malaxe-moi, défonce-moi, manipule-moi. Pour la première fois, son corps ne criait pas : "Je veux que tu m'aimes, je sais que tu ne m'aimes pas, ça ira si tu fais semblant, ne fais même pas semblant, fais ce que tu veux, mais fais-le avec moi, avec mon corps, ta chose." C'est aussi par leur corps que les gens deviennent respectables. La liberté, ça s'impose par le corps. Man Jeanne raconte comment, lors de la première Occupation, les Américains pratiquaient la traite des Blanches et importaient des prostituées dominicaines. Une adolescente amenée ici de force avait tranché le sexe d'un *marine*. Il promettait pourtant de l'emmener avec lui dans son pays. Des Haïtiennes avaient aidé les autres prostituées à la cacher. Des mères de famille élevant leurs filles dans la droiture l'avaient prise sous leur toit. Malgré sa blancheur et sa profession. La petite prostituée était devenue la plus haïtienne des Dominicaines. À la fin de l'Occupation, elle était rentrée chez elle. Moins jolie que lorsqu'elle était arrivée. Mais plus belle. Oui, c'est par leurs corps que les gens deviennent respectables. Tout le bar avait les yeux tournés vers Sandrine. Je crois que Marc a vu comme nous que ce corps-là avait appris à vivre pour lui-même, à bouger pour lui-même. À s'aimer enfin. Même monsieur Vallières, perdu dans son histoire de la latinité, a senti qu'il se passait quelque chose de nouveau, peut-être d'exceptionnel. Il a levé la tête de sa table et s'est mis à crier : Isadora, Isadora ! À la fin de la danse, la petite brune a fait un sourire à Sophonie. Popol attendait sur le muret. Moi je suis allé m'asseoir avec monsieur Vallières. Le temps de lui demander pourquoi Isadora ? Elle s'appelle Sandrine. Il m'a parlé de cette danseuse américaine dont le corps était une révolution. Je l'ai regardé, étonné. À cause de sa référence aux États-Unis où, selon lui, il ne s'était rien produit de remarquable en matière de civilisation. Et du mot révolution qu'il n'utilisait d'ordinaire qu'au pluriel pour en dénoncer la barbarie. Cet usage positif contredisait sa haine des plébéiens. Il m'a souri en me disant qu'il n'avait rien contre les révolutions, à part qu'on ne savait comment les faire ni avec qui, que c'était une de ces choses qu'il s'était contenté d'aimer de loin, n'en parlant qu'à lui-même. Surtout pas à sa femme et à ses enfants. À ceux-là, il ne parlait plus depuis longtemps de toutes les façons. Des États-Unis, ils n'appréciaient que les composantes les plus vulgaires : le fast-food et les grandes surfaces, et n'avaient certainement jamais entendu parler d'Isadora Duncan. Il détestait aussi les entendre vanter les avantages et les opportunités que l'Occupation offre aux entrepreneurs. Ses fils souhaitent augmenter leur chiffre d'affaires en s'engageant dans le transport des équipements. "Les traîtres." Monsieur Vallières, il a, caché dessous ses soliloques sur l'inférieur et le supérieur, la danse et les révolutions, le latin et la vie de famille, le malheur de n'appartenir à aucun temps. et de vouloir en même temps des choses incompatibles. Il parle comme les reliures de Joseph à l'intérieur desquelles on trouve des pages et des propos appartenant à des ouvrages différents. "N'essaye pas de comprendre. Parfois je ne me comprends pas moi-même." C'est vrai qu'on ne peut pas tout comprendre. Est-ce que je comprends pourquoi, dans mes carnets, j'écris parfois Sandrine plutôt que "la petite brune" ? Cesse-t-elle, dans mon esprit, d'être une caricature pour devenir une personne ? *Ainsi font, font, font les petites…* Mais parfois, au troisième petit tour les marionnettes s'humanisent. Se débarrassent de leurs ficelles et tiennent toutes seules, maîtresses de leur mouvement. Sophonie a gagné. Ou presque. Elle nous a enseigné quelque chose. À Sandrine. À moi. Et sans y penser, elle continue de servir les clients. Sans rien demander. Sa modeste récompense a été ce sourire, leur dernier contact. La liberté, c'est aussi la liberté d'oublier. Personne ne passe sa vie à dire merci. C'est une thèse chère à Wodné, on ne doit pas perdre son temps à calculer ses dettes. Cela nous empêche d'avancer. C'est pour cela qu'il ne sourit pas à ceux qui lui tendent la main. La petite brune, Sandrine, a eu au moins la politesse d'un sourire. Un mois plus tard, elle a donné cette fête intime dans un décor de fausses lunes. Une petite fête mesquine, chacun disant moi une bière, toi un kir, toi un whisky-soda, et chaque tête opérant comme une machine à calculer pour régler sa fraction de la note. Pas comme le kannjawou dont rêve Anselme pour son dernier voyage. Une vraie fête à laquelle seront invités les parents, les amis, les amis des amis, les gens du bourg voisin, tout le monde et n'importe qui. Sandrine ou la petite brune – je ne sais sous quel nom elle survivra dans mon souvenir – a donné sa fête de deux mètres carrés sur deux mètres carrés, en petit comité. Le lendemain elle a rendu les clés de son véhicule de service à ses anciens supérieurs qui n'ont sans doute pas manqué de lui souhaiter bonne chance dans ses nouvelles fonctions. Un chauffeur haïtien l'a conduite à l'aéroport.

Quand nous rentrons du bar, Sophonie et Popol passent sans s'arrêter devant le coin de rue où nous l'avions vue un soir, sale, triste, laide à force d'être triste. Pourquoi s'arrêter ? Il n'y a personne. Ni corps meurtri. Ni bruit de larmes. Il n'y a que les portes fermées des maisons. *Ainsi font, font, font…*

Un gamin est venu m'annoncer que le petit professeur m'attendait chez lui. Pas un débrouillard comme Hans et Vladimir. Un timide qui ne participe jamais à la conversation après la lecture. Le petit professeur l'avait pris en affection. J'ignorais qu'il continuait de travailler avec lui, en secret, dans sa bibliothèque. Depuis l'éclat de Joëlle, il ne nous visite plus à la rue de l'Enterrement, se contentant d'envoyer de temps en temps des livres pour les petits du Centre. Je fais le *go-between*. Une fois par semaine, je lui rapporte les livres chez lui, sans lui révéler que les ouvrages qu'il nous prête font souvent l'objet de vives polémiques. Jasmine, une étudiante en sciences de l'éducation qui parle parfois comme un manuel, les juge trop savants et développe sa théorie de la gradation. De la phrase courte à la phrase complexe, de l'histoire simple au livre chapitré. Wodné en profite pour dénoncer l'arrogance de ces intellectuels ayant perdu le sens de la mesure. Quand je vais rendre ses livres au petit professeur et en emprunter d'autres, nous passons du temps à discuter. Il me reçoit dans sa bibliothèque, au premier étage. Je ne trouve dans ses propos rien de démesuré. Je vois seulement qu'il a vieilli. J'entends des pas et parfois des voix provenant de la chambre d'amis. Un soir j'ai cru y apercevoir l'ombre de monsieur Laventure. Mais il ne me vint pas l'idée de poser des questions. Le petit professeur et moi ne parlons désormais que des personnages de roman ou des figures historiques, évitant les sujets de querelle que sont les personnes réelles que nous fréquentons. À l'exception de man Jeanne dont il demande en souriant si elle a gardé la main, côté bol de pissat. Pourtant je sais que ce qu'il dit du monde, de l'amour, de tel personnage ou de telle position philosophique, ne tient qu'à l'image de Joëlle qui l'envoûte à cet instant. Le monde change, et son rapport au monde, selon qu'elle lui apparaît épanouie ou morose. Je le sens à chaque fois au bord de la rupture avec son silence, prêt à me demander de lui prêter mes yeux : Comment va-t-elle ? La vois-tu ? Les questions bêtes que posent les amoureux. Mon envie de répondre aux questions qu'il n'ose pas poser : il est temps de regarder ailleurs. Elle n'est pas plus jolie que sa sœur. Et elle a perdu la capacité d'imaginer. Comme la plupart des gens, elle ne peut voir que ce qu'il y a là, devant elle. Sa tête, c'est un ghetto, sans autre ni lointain. Je ne peux pas lui dire ces choses. Si je prononce de telles paroles, elles fixeront ma position de manière définitive. Je ne pourrai pas les effacer comme lorsqu'on dit : "je t'aime" ou "je te hais". Joëlle deviendra pour moi ce que j'aurai dit d'elle, et je perdrai ainsi des sourires et des rêves. Je ne veux pas perdre Joëlle. Comme dans un roman, je veux laisser encore au personnage le temps de changer, de se reprendre. D'ailleurs, qui suis-je pour conclure sur un individu ? Moi qui n'ai rien accompli. Sinon ces notes dans ces carnets que j'abandonne, reprends, déchire, récris. Le petit professeur a vieilli. Il boit trop. Il m'offre toujours une

bière que je n'ose pas refuser pour ne pas le frois-
ser. Mais je m'en veux de l'accompagner. Parfois il
s'assoupit, et je le laisse à son sommeil assis à son
bureau, descends seul les marches, referme derrière
moi la porte du rez-de-chaussée, reprends le chemin
vers chez moi, me paye une pause dans l'un des bars
en plein air du Champ-de-Mars. Puis, croisant parfois des patrouilles militaires, je continue ma descente vers la rue de l'Enterrement. Là m'accueille le
ronflement des fantômes, les deux retraités des petits
métiers, que Hans et Vladimir ont encore couchés
dans le même lit. Je passe devant la maison des filles
qui ne se parlent presque plus. Devant celle de man
Jeanne. J'imagine Fidèle couchée aux pieds de sa maîtresse. Laquelle trahira l'autre en partant la première ?
Man Jeanne ne parle pas souvent de la mort. Sauf
une fois : Mon petit, une femme qui a connu deux
périodes d'Occupation dans sa vie a le droit de mourir avant la fin de la deuxième. Non, man Jeanne, je
ne veux pas que tu meures. Tant que tous tes récits
n'auront pas abouti à une fin heureuse. Ce n'est pas un
temps pour mourir. Tu dis toi-même que qui meurt
en une saison triste emporte dans sa tombe une tristesse éternelle qui se mêle à la terre, la salit, la défait
et rend son cœur stérile.

Après la visite du gamin, je suis donc parti chez le petit professeur. Quelle urgence pouvait le retenir chez lui ? Je savais qu'il devait donner cours ce jour-là, et jamais auparavant, il n'avait raté un rendez-vous avec ses étudiants. Le lendemain de l'accrochage avec Joëlle, il avait donné son cours, répondu aux questions des étudiants, rempli sans faillir son contrat avec la république et le rectorat de l'université. Je me trompe sans doute en croyant que les blessures ou les joies intérieures se lisent sur les visages. Peut-être les meilleurs des hommes sont-ils ceux qui ne laissent rien transparaître de leurs états d'âme. Ceux-là ne dérangent pas les tablées, ne polluent pas les fêtes, ne se baladent pas dans les rues avec une fiole qu'ils disent remplie de poison pour impressionner les donzelles. J'imaginai le petit professeur souffrant et laissai là mes ouvrages de référence sur la période de construction du chemin de fer et de la banque de la République durant la première Occupation pour me précipiter chez lui. Il vint m'ouvrir. Il avait l'air fatigué. Une fatigue ordinaire, et ce même visage qui ne laisse rien transparaître. Il me reçut dans sa bibliothèque. Rien de particulier à part, sur le sol, la machine à ronéotyper, des piles de journaux et de

magazines que je n'avais jamais vus auparavant, faisant comme un demi-cercle autour de son bureau.
Par réflexe, j'y jetai un coup d'œil. Il y avait des vieux
trucs ronéotypés, des brochures mal ficelées, rien de
semblable aux formats que l'on trouve en librairie.
"De vieux souvenirs, dont je compte me débarras-
ser. Je m'en servais pour un travail que je viens de
terminer. Une histoire de la gauche. Pour mon
maître, monsieur Laventure qui me la demandait
depuis longtemps." Et sans plus d'attention à ma
curiosité, il passa à d'autres sujets. Comment avan-
çaient les mémoires que j'écrivais ? Le mien et ceux
des étudiants des universités privées. Ils avancent
lentement. Plus je fouille dans le passé, plus j'ai du
mal à faire le lien avec le présent. Je n'arrive pas à
saisir la ligne de rupture entre les espoirs d'hier et
cet état de décrépitude qui fait notre condition
actuelle. Il m'a répondu que la grosse différence, c'est
que : "Le passé tu ne l'as pas vécu. Mais les choses
étaient peut-être plus nettes. Moins molles. L'Occupation. La Résistance. Aujourd'hui tout est mou et
se donne pour autre chose. Aujourd'hui personne
n'ose plus appeler un chat un chat. Sauf man Jeanne."
À l'idée de man Jeanne choisissant sa nouvelle victime, nous échangeâmes un sourire. Je ne lui deman-
dai pas pourquoi il n'était pas allé donner son cours.
Après tout, l'université d'État, les professeurs peuvent
se fatiguer d'y aller plus souvent que les étudiants.
Les grèves – devrais-je dire "nos" grèves – sont aussi
courantes que les heures de travail. Les unes justi-
fiées. Les autres… La bande à Wodné n'avait pas
amassé de pierres ni préparé les bombes à asperger.
Pas de menace de grève ce matin-là. Le petit professeur voulait seulement ranger ses papiers, mettre un

peu d'ordre dans la bibliothèque. Il voulait aussi m'offrir deux ouvrages. L'un qu'il affectionnait particulièrement : *Le Jardin des Finzi-Contini*. Et l'autre *Fille d'Haïti*, dont il n'appréciait guère la valeur littéraire. Mais il jugeait que le titre était le nom d'une intention qui méritait d'être entendue. Il me les avait déjà prêtés et nous avions passé de longues heures à les commenter. Il considérait les *Finzi-Contini* comme un authentique chef-d'œuvre sur l'amour et l'indifférence. Face à mes réserves sur *Fille d'Haïti*, il disait que se jouait là un combat sans merci entre un vœu et une impossibilité, l'opposition d'un élan à une pesanteur. "Mais, monsieur le professeur, le personnage principal n'est qu'une jeune bourgeoise plutôt réactionnaire. – Ce n'est pas le livre qu'il faut aimer, mais l'idée qu'un jour, elle puisse virer en son contraire." Je savais que tous ses propos sur le littéraire et la philosophie n'étaient que prétextes pour parler de Joëlle, de la part de Micòl en elle, et de son inféodation à la bande à Wodné. Ce matin-là, il ne souhaitait pas discuter, il voulait juste me donner les livres. Il n'en possédait que trop. Deux en moins, ou trois, ou même vingt, qu'est-ce que cela pouvait changer ? Je pris donc les livres. Comme à son habitude, quand il se sentait bien, il m'accompagna jusqu'à la porte principale. Je ne prêtai pas attention au bruit de la clé dans la serrure. Pourtant, il protestait souvent contre les portes fermées. "Une maison devrait être un gîte et chaque table une table d'hôte. Ce ne sont pas les passants qui manquent." Je me retrouvai dans la rue, avec dans les mains la passion amoureuse d'un romancier italien et les démêlés d'une jeune femme haïtienne avec elle-même. Je m'en retournais à l'histoire des banques. Ce sont les banques qui font le monde. Elles tiennent la vie par le ventre. Je marchais dans mes banques. Celle qu'un président avait appelée au début du siècle dernier la "banque friponne", un cheval de Troie introduit par le capital étranger pour créer la crise financière qui favorisa la première Occupation. Telle autre qui avait fait faillite. Après sa mise sous scellés, l'État avait cédé l'immeuble et l'emplacement à l'Église catholique. Le conseil des évêques en a fait une chapelle. Elle existe toujours, au sommet d'une colline, au nom d'un saint dit généreux aux pieds duquel s'en vont prier des cohortes de mendiants. Le changement est minime. Pour les pauvres, c'est toujours un pèlerinage, une rude montée, de marcher jusqu'à Dieu ou jusqu'au capital. Je marchais dans mes banques et leur pouvoir sur nous. Et celle qui m'intéressait le plus, la banque de la République, large comme un palais, toujours debout au bas de la ville, immense, archaïque de prestige dans un environnement délabré, toute proche des eaux sales du littoral. Quand, dans la rue, les gens se sont mis à crier : "Au feu !", je ne me suis pas tout de suite retourné. Je suivais mon propre regard. On n'obéit pas toujours au langage des foules et au choix des passants. Soudain, j'ai compris. Les cris et les voix ont atteint mes mains. J'ai senti que les livres brûlaient, comme s'ils demandaient à rejoindre les autres. Le beau jardin des Finzi-Contini devenait chaud d'angoisse ou de désespoir. Je ne voyais pas les joueurs de tennis et le vert tendre des plantes, mais, avant même de me retourner, je voyais ce qui se passait derrière moi. Le feu voyageant de rayons en rayons, un coup de langue happant les trois Karamazov pour les guérir de leurs obsessions et tergiversations, un autre emportant tout

Hugo, descends, petit père, finies la tristesse d'Olym-
pio et l'épopée des humbles ; emportant tout, poèmes antiques et modernes, discours sur ci et ça : la
méthode, la servitude volontaire, les sciences et les
arts ; finis les royaumes de ce monde, le beau, le laid,
le bien, le mal ; finis flûtes enchantées et arbres musi-
ciens ; finis les rêveries des promeneurs solitaires et
les après-midi d'été à l'ombre des jeunes filles en
fleurs ; finis jardins, semences et raisins de la colère ;
la danse de la forêt et le goût des orties ; finies
l'écume des jours et la vie devant soi, et mille êtres
de papier que j'avais aimés ou détestés, mais qui
méritaient tous de vivre, de témoigner de la vie,
même si nous ne sommes au fond que boules de suif
et bêtes humaines, bonnes pour les mouches et la
nausée, surdité et aveuglement, même si nous ne
sommes rien. Et parmi ces êtres, au milieu, il ne pouvait être qu'au milieu, assis devant son bureau, brû-
lant avec eux, l'homme qui m'avait initié à tout cela.
Sa chair mêlée à la leur. Les livres sont tombés de
mes mains, Je me suis retourné, et j'ai couru vers la
maison. Quelle maison ? La fumée et les flammes,
folles, rageuses, avaient déjà fait éclater les vitres de
la bibliothèque, se projetant dehors par la fenêtre,
montant au ciel, dansant par l'ouverture au-dessus
de la tête des passants qui fuyaient pour se mettre à
l'abri, échapper à la chaleur et aux cendres, ou se
rapprochaient pour voir le malheur de plus près. On
ne voyait plus de maison. Les flammes et la fumée
faisaient écran et l'on devinait que tout ce qu'il y
avait en dessous n'était déjà plus que vestiges. J'ima-
ginais la chair calcinée faisant corps de cendres avec
les pages. Le petit lit de la chambre d'amis où Joëlle
n'était venue qu'une fois. Il était si heureux. Elle

aussi, elle avait l'air heureuse. Je savais qu'il n'y avait plus là-haut ni livres, ni petit lit, ni petit professeur. Rien qu'un amalgame de mots, d'objets et de chair. Un micmac de croûtons et de sauce, suif et suint, boucane et pestilence. Je savais que c'était vain. Que je ne verrais jamais plus son sourire. Ni sa peine. Mais on tente de ces choses vaines pour s'opposer à la violence des faits, refuser la réalité. Merde, qu'est-ce qu'elle a à toujours faire les mauvais choix, la réalité ? Comme si toutes les fois qu'on la laisse choisir seule, elle ne trouve rien que le pire à nous imposer ! Comme si nous n'étions nés que pour subir, soumettre notre vouloir à sa méchanceté. J'ai couru vers la porte d'entrée, et, flammes ou pas flammes, fumée ou pas fumée, j'ai pris ce qui restait de la porte à coups de pied et de poing. Laisse passer, saleté. Elle résistait et je la frappais, la poussant contre le feu. Comme ces gens que j'ai vus au cimetière taper de rage sur les cercueils avant la dernière pelletée dans l'espoir de réveiller le mort qu'on enterre. Comme ceux qui vont même jusqu'à mordre dans le bois, y perdant leurs dents pour tenter de sortir de là celui ou celle qu'ils aimaient. Je l'ai frappée, cette porte, jusqu'à ce qu'elle cède, meure. Un homme qui meurt brûlé dans une pièce fermée, c'est un homme qui entre vivant dans son cimetière. Et tout seul. Merde. Tire-toi de là, salope, laisse-moi passer. Il y a dedans mon maître, mon ami, mon frère. Tire-toi de là. C'est l'amour qui brûle là-haut. Et la bonté, si elle existe. C'est le langage qui meurt là-haut. Le bon usage du langage et du cœur. C'est vivre qui meurt là-haut. Des promesses de kannjawou, en veux-tu, en voilà. Car chacun a droit à sa fête. Il suffit de prendre à la vie seulement la part qui te revient. Et d'inviter l'autre à la fête. Il suffirait. Tire-toi de là. Le feu avait déjà brûlé le rez-de-chaussée, et la fumée traversait la porte pour s'engager dans la rue. Quand, enfin vaincue, la saleté de porte est tombée, j'avais les mains ensanglantées, et des mains inconnues me tiraient vers l'arrière. J'avais en face de moi une immense masse de rouge et de noir. Encore un titre. Mais que peuvent les livres ? Je criais. Je savais que je criais mais je n'entendais plus mes cris.

Des heures plus tard, quand les pompiers sont arrivés, les voisins avaient déjà éteint le feu avec des seaux d'eau que les hommes se passaient à la chaîne. Parmi les pompiers, deux étrangers, deux chefs, des formateurs parlant anglais. Les gens dans la rue leur criaient : c'est fini, vous repasserez une prochaine fois. Et l'un des formateurs a dit : *too bad, too bad.* Des bouts de papier aux bords noircis flottaient. Il restait çà et là quelques flammèches encore vivantes. Tout l'étage avait disparu. La petite chambre d'amis et la bibliothèque. Du rez-de-chaussée, tenaient encore quelques pans de mur explosés, noirs. L'incendie avait duré jusqu'au début de l'après-midi. Les passants qui m'avaient éloigné de la porte en feu étaient partis depuis longtemps vers leurs occupations ordinaires. Des dizaines de badauds s'étaient succédé, chacun y allant de son commentaire. Les voisins avaient accordé des entrevues à la presse. "Un homme plutôt discret. Un bon voisin. Pas comme les autres qui déversent leurs eaux de vaisselle dans la rue." Quelles que soient les circonstances, les gens finissent par ramener le réel à la portion qui les préoccupe. Hans et Vladimir sont arrivés. Avec des têtes de délégués. Pas comme les porte-paroles qui portent

leur parole à la place de celle du groupe qu'ils repré-
sentent. Et sortent des négociations avec des palabres
pour le groupe, et un poste ou une bourse pour
eux-mêmes. Man Jeanne en a connu, aux temps de
l'Union patriotique. Il y avait ceux qui s'opposaient
à la première Occupation. Et les autres qui faisaient
semblant. Il en est dans la bande à Wodné. Le petit
professeur ne faisait pas semblant. Sauf lorsqu'il préférait me parler d'autre chose que de ses tourments
intérieurs. Pourquoi ne pas me dire combien il était
seul ? Le petit professeur, ce n'est plus qu'un tas de
cendres éparpillées sur le sol, mêlées à celles du papier
et du bois. Hans et Vladimir sont arrivés en même
temps que le doyen de la faculté tandis que les formateurs étrangers parlaient toujours en anglais aux
sapeurs haïtiens. Nul n'est savant comme un colon.
Un jour, il t'apprend comment planter les choux. Un
autre comment éteindre le feu. Mais les choux, ce
n'est pas toi qui les manges et le feu il t'a déjà brûlé.
Les enfants s'étaient assis à côté de moi.

— Alors, c'est fini, les livres ?
— Non, ce n'est pas fini, les livres.
Comme le dit Wodné, les livres, il y en a plein. Il
y a même dans le grand cimetière des morts qui ont
voulu garder avec eux les mots de leur poète ou de leur
penseur préférés. Ou même des recettes de cuisine.
— Mais, les morts, ils ne nous prêtent pas leurs
livres.
— On vous en trouvera, des livres.
— Pourquoi il a fait ça ?
— C'était un accident.
— C'est à cause d'elle, hein ? Et la bande à Wodné
qui n'aimait pas sa gueule.

167

— C'était un accident.

— C'est con, l'amour.

— Oui, c'est con, l'amour.

— Et eux, avec leurs casques et leurs uniformes, ils n'auraient pas pu arriver avant ?

— Ils n'auraient rien pu faire, ça s'est passé trop vite.

— Oui, mais tout de même, ils auraient pu arriver avant.

Le doyen est descendu de sa voiture, le visage fermé. Il a jeté un long regard sur les ruines, et il est reparti. Comme un entraîneur ou un chef d'équipe, il répète souvent : je n'aime perdre personne, en parlant des profs comme des étudiants. L'instructeur le plus haut gradé n'en finissait pas de distribuer son savoir. Ce devait être son idée d'une formation sur le terrain. Une sorte d'étude de cas. C'est après qu'ils sont morts qu'on enseigne aux humains l'art de sauver les gens. La consigne des instructeurs est de boucler le périmètre du défunt incendie et de ne laisser passer personne. Déjà le soir. J'ai conseillé aux enfants de rentrer. Je les ai regardés partir, s'en aller annoncer aux autres que c'était bien vrai. Le petit professeur avait brûlé dans sa maison. Ils marchaient, voûtés comme des adultes, l'air fâché, les poings serrés en passant devant les pompiers. Je me suis levé. L'air décidé, j'ai franchi la ligne interdite. Les sapeurs m'ont regardé comme un fou. L'un des instructeurs a commencé à s'exclamer : *"What the f… ?"*, puis se reprenant, il a aboyé : "Stop !" Et j'ai répondu : "Merde !" Stop. Et Merde. Stop. Et Merde encore. Soudain, semblant tomber du ciel, une pierre est passée à quelques centimètres du casque

de l'instructeur qui a encore crié : *"What the f... ?"*
Puis une autre. Et encore une autre. Une pluie. À la
rue de l'Enterrement, les pierres, c'est gratuit. Tout le
reste est payant. On les appelle les biscuits de l'État,
vu que c'est la seule chose qu'il nous distribue gra-
tuitement. Les gamins apprennent tôt ce qu'on peut
faire avec. Il tombait sur les instructeurs des biscuits
de l'État. Hans et Vladimir, c'est eux les vrais experts.
Ils n'avaient pas voulu atteindre leurs cibles, seulement les effrayer. Au moins, en plus de la mauvaise
nouvelle, ils rapporteraient une bonne blague à leurs
copains. Trop occupé à se protéger du jet, l'instructeur m'a laissé tranquille. Tout fumait encore. Les
pilleurs ne viendraient que plus tard quand la nuit
aurait rafraîchi le sol et le vent dissipé la fumée. Ils
ne trouveraient pas grand-chose. Moins en tout cas
que les pilleurs de tombes. J'ai enlevé ma chemise,
je me suis baissé vers le sol, dans l'air encore irrespi-
rable. J'ai ramassé au hasard une poignée de cendres
encore chaudes que j'ai enveloppée dans la chemise.
J'ai fait un nœud avec les manches, et j'ai porté la chemise sur mon dos, comme un sac, la tenant d'une
main. Je me suis dirigé vers le lieu où je m'étais arrêté
quand les premières voix avaient commencé à crier :
"Au feu !" J'ai cherché du regard, et j'ai d'abord vu
Le Jardin des Finzi-Contini, pas loin d'un petit tas de
pelures de bananes et d'oranges que quelqu'un avait
dû assembler et laisser là dans l'espérance qu'un improbable service de voirie les ramasserait un jour. Le jardin était couché là. Je m'en rappelais les allées et la
verdure, le petit bonheur de riches auquel la guerre
allait mettre fin. Et Micòl, aussi jolie qu'inexpres-
sive, un beau rien partant pour une chambre à gaz.
Toutes les histoires d'amour et de désamour ne

commencent-elles pas dans des jardins ? Plus loin, gisait *Fille d'Haïti*, détrempée, dans l'eau sale de la rigole. Pourquoi avait-il voulu sauver ces deux-là ? Il possédait dans sa bibliothèque des classiques autrement célèbres. Et ce n'était guère un cadeau à mon goût personnel. Je préfère les histoires qui touchent vite au cœur du propos. Lui disait qu'il fallait laisser le temps aux choses de se décanter, d'épuiser leur mystère, de s'approcher lentement de leur vérité. Dans le fond, le petit professeur était un optimiste. C'était pour elle qu'il me les avait laissés. Pour la préserver. Il jugeait que ces livres exprimaient quelque chose d'elle et avait voulu les protéger du feu. Même en format livre de poche, on ne brûle pas la femme qu'on aime. Mais jamais Micòl ne comprendrait rien à Tintin. Et qui n'a pas de démêlés, de choses contradictoires entre lesquelles choisir ? En marchant me vint la violente sensation que tout cela, les romans, les traités, l'histoire des banques et des quartiers, et toutes ces palabres dans les salles de cours, cela ne servait à rien. Tout n'est que simulacres et jeux de pouvoirs. Les joueurs honnêtes meurent. Les autres gagnent. Le petit professeur était un joueur honnête. Il avait perdu. Arrivé dans ma chambre, j'ai posé la chemise sur ma petite table de travail. Puis je suis allé chez man Jeanne emprunter des allumettes et du kérosène. Je me suis rendu deux portes plus loin devant chez Anselme. Je regrettais d'imposer cela à Sophonie. En général, c'est elle qui s'occupe de nettoyer la devanture. J'ai jeté les livres sur le sol. Le petit professeur était un optimiste. Moi pas. J'ai allumé un feu et j'ai regardé brûler le beau jardin vert, le court de tennis, les belles demoiselles se demandant que faire d'elles-mêmes.

Le lendemain, il y eut une réunion entre les membres de la direction de la faculté et quelques étudiants. La coutume est d'organiser des hommages aux professeurs décédés. La difficulté venait de ce qu'il ne restait pas de corps à exposer, et qu'on ne pouvait mettre le décès du petit professeur aux registres bienvenus de l'héroïsme ou de la fatalité. Les experts avaient conclu à l'acte délibéré. Un étudiant, se définissant comme un militant, suggéra que, selon la vision marxiste des choses, on avait le droit, voire le devoir, de récupérer un mort pour l'inscrire dans une symbolique révolutionnaire. Il convenait de dire que, citoyen animé du sentiment patriotique, il n'avait pas supporté cette Occupation molle à laquelle toutes les hautes instances de la nation se soumettent. De rappeler que lors de la première Occupation un poète avait fait la même chose. Je m'y suis opposé. Les profs aussi. Et d'autres étudiants. On n'avait pas de preuve qu'il avait voulu mettre fin à ses jours. À la question : "S'est-il suicidé ?", je n'ai pas répondu. Il ne m'avait pas fait de confidences, et vu les dérives occasionnées par les choix dictés par les propositions et analyses des occupants, fou qui irait faire confiance aux prétendus experts. La mort du petit professeur était une affaire entre lui et la rue de l'Enterrement. Je m'interdisais d'en parler avec des étrangers. La veille, j'avais passé la nuit chez man Jeanne. Sur la terrasse. "Le pire, ce n'est pas le feu. Le feu n'était rien que le nom de la fin et une douleur physique. Il était mort depuis longtemps. À l'intérieur. Là où ça fait le plus mal. Il lui a fallu du courage pour tenir." Les mots de man Jeanne ne m'ont pas consolé. Voulait-elle le faire ? Man Jeanne ne sait pas consoler. Aimer sans doute. Je crois qu'il y a eu beaucoup d'hommes dans sa vie. Beaucoup de gestes d'affection, envers ses amants, ses amis, les gens en général. Mais consoler, ce n'est pas son fort. Faire face. Sophonie lui inspire du respect. Mais Joëlle, "une précieuse, rien de plus". Man Jeanne non plus ne pardonne pas au malheur. Et elle n'aime que les justes. Être juste, ce n'est pas une chose facile. On ne nous apprend pas… Popol et Sophonie n'avaient pas cherché à me voir. Sophonie, comment la voir sans voir un peu de Joëlle en elle ? Et je n'ai jamais voulu exprimer ce que je ressens en présence de mon frère. C'est ainsi depuis l'enfance. Je me doutais qu'eux aussi devaient souffrir. Il n'est pas toujours utile de réunir les peines, les ressentiments. C'est ce qu'a fait la bande à Wodné. La douleur est-elle le meilleur lien qu'on puisse tisser entre les hommes ? Une douleur collective est une force terrible, et lorsqu'elle passe à l'acte, rien ne peut l'arrêter. Sur mon matelas à même le sol, sur le balcon de man Jeanne, j'ai pleuré seul la mort du petit professeur. Revécu les moments que nous avions passés ensemble. Y compris le soir où il nous avait invités à ce petit bar dansant de la rue des Acacias. Nous avions dansé. Les filles étaient belles. Lui ne voulait pas. Il disait en riant qu'il aimait trop regarder danser les femmes et était trop maladroit de ses pieds. Joëlle l'a entraîné. L'amour peut tout. Entre deux danses, nous parlions de la liberté, de l'amour. Les filles étaient belles. Lui restait parfois à la table et contemplait Joëlle qui bougeait, d'un regard assez large pour nous englober tous. Une nuit sans sommeil à revivre tout cela. Et le ronflement régulier de man Jeanne, et sa chatte me griffant de temps en temps pour me signifier son mécontentement de me voir là, à sa place. Et le bruit des pioches et des pelles de la bande de Halefort. Et la chanson de man Jeanne. *Ainsi font, font, font...* Et moi me demandant – quand on a mal on a le droit de poser des questions idiotes – *trois petits tours et puis...* si elle vaut aussi pour ceux qui ne dansent pas.

L'hommage a eu lieu. Nous n'y avons pas assisté, Popol, Sophonie et moi. À bord d'un véhicule de transport public, nous sommes allés sur la côte des Arcadins, et j'ai jeté dans l'eau de la plage publique la poignée de cendres que j'avais recueillie dans la maison en ruine. Nous avons longé la côte et piétiné le sable de quelques plages privées. Sur leurs chaises longues, les gens nous regardaient comme des objets de curiosité. Même marcher sur le sable peut être considéré comme une intrusion. De l'intérieur des villas, nous parvenaient des bruits de fêtes auxquelles n'étaient pas conviés les marcheurs venus de la plage publique. Les riches n'ont pas la culture du kannjawou. Sauf quand ils marient leurs enfants et invitent à la fête tous leurs semblables. Qui les inviteront à leur tour à un plus beau mariage. Surenchère et concurrence. Un jour, on pourra lire sur un carton d'invitation : venez voir comment ma fête est plus réussie que la vôtre. Plus de monde. Plus d'argent.

Plages privées. Résidences secondaires. Grands hôtels. Sur le sable des grands hôtels étaient couchés des corps heureux qui parlaient des langues étrangères. Comment à quelques mètres, les choses, même le bleu de la mer, peuvent ne pas se ressembler. Le fond de mer aussi. Pierreux ici. Chardons et algues. Doux là où l'on a payé pêcheurs et riverains pour enlever tout ce qui nuit. La mer des riches. Celle de l'occupant. Et la nôtre. Même s'il n'est pas toujours facile de distinguer les riches des pauvres. Victor, depuis qu'il est entré au service de traduction, gagne mieux que ce que gagnait le petit professeur. Le premier voyage se confirme. D'autres suivront. Et dans dix ans, Victor sera lui-même un expert et voyagera d'un pays à l'autre, ou sera ministre ou député du peuple. Et sa fille épousera peut-être le petit-fils de monsieur Vallières.

Nous avons rebroussé chemin et nous sommes retournés au désordre de la plage publique. Au bruit des mille transistors et instruments électroniques crachant mille musiques couvrant toutes autres voix et interdisant la conversation. Aux poulets importés, cuits et recuits dans une huile qui avait déjà servi cent fois. Aux toilettes puantes à l'intérieur desquelles la merde avait débordé tandis qu'une queue insensible à l'odeur attendait dehors. Parodie. Comme le veut une chanson célèbre écrite par un arpenteur excommunié pour cause de blasphème, les riches ont leurs plages, les pauvres ont les leurs. Les riches ont leurs amours, les pauvres ont les leurs. Les riches ont leurs dieux, les pauvres ont les leurs. C'est avec ces contrastes qu'on fabrique des Wodné. Les verres des plages privées et les gobelets en plastique de la plage publique. Les petites filles en papier glacé qui nagent déjà comme des sirènes, parce qu'elles ont appris très tôt, suivi des cours de danse, des cours de musique, des cours de natation après les cours de danse, des cours de maintien et de préjugés avant les autres cours. Les enfants de la plage publique qui voient la mer pour la première fois, ne la voient pas vraiment parce qu'il y a trop de monde et de déchets dans l'eau. Et puis ce n'est pas agréable, elle ne sent pas bon, la mer. La plupart des enfants de la rue de l'Enterrement n'ont jamais vu la mer. Leurs parents non plus. Ni leurs enfants, quand ils auront des enfants. À moins de suivre les traces de Victor. Nous avons cherché le coin le plus éloigné du vacarme, le moins peuplé de déchets et de saletés et, là, Sophonie et Popol sont entrés dans l'eau. Ils se sont enlacés un moment. Puis Sophonie a nagé seule, loin. Elle a appris toute seule. Comme nous. Quand la bande des cinq se cherchait un coin de mer le dimanche pour fuir le voisinage des morts. Wodné qui n'en savait pas plus que nous jouait au moniteur, et Joëlle se laissait impressionner. Sophonie a suivi ses propres conseils, trouvé seule sa façon de faire. Au début, nous avions peur pour elle quand elle s'éloignait et devenait un petit point. Puis nous avons pris l'habitude de la voir nous revenir, épuisée mais sereine. Joëlle avait appris à suivre sa sœur. Et c'était beau de les voir partir ensemble, revenir ensemble. Le petit professeur s'était-il trompé de sœur ? Sophonie s'éloignait. Mais elle nous reviendrait. Popol est venu s'asseoir à côté de moi. Peut-être revoyait-il lui aussi ces temps où l'avenir ne pouvait être qu'une victoire sur le malheur. Ces temps où nous étions fiers de ce que nous serions. Que sommes-nous et qu'avons-nous fait ? Il a posé sa main sur mon épaule. Et il m'a dit qu'il allait prendre la direction du Centre culturel. C'était la seule bonne nouvelle depuis longtemps.

Au Centre, nous avons reçu l'annonce de la visite de Pierre Laventure. La nouvelle s'est répandue. Et des jeunes et des étudiants sont arrivés des quatre coins de la ville pour l'écouter. Monsieur Laventure, ce n'est pas son vrai nom. Tous ou presque ont oublié son vrai nom. Ce n'est pas un homme, c'est une légende. Jeune boursier parti à l'étranger, il avait abandonné ses études pour revenir clandestinement au pays. Sous une autre identité. C'étaient des années dures, nous répète man Jeanne. "J'ai vu mourir beaucoup de jeunes qui avaient abandonné leur famille, leurs études, leur confort pour se battre." Sous de multiples faux noms, monsieur Laventure avait travaillé comme ouvrier agricole, dans l'industrie du bâtiment, partout où on avait besoin de leaders et de simples militants. Il avait coupé la canne avec les travailleurs immigrés de l'autre côté de la frontière et participé à quelques opérations spectaculaires ayant semé la peur dans le camp des militaires et de la milice. Il s'était fait prendre deux fois et on avait expérimenté sur son corps toutes les recettes de la torture. Depuis la chute de la dictature, on le savait actif dans la reconstitution des mouvements des travailleurs dans les zones franches mises en place par les autorités sur le conseil des occupants. Et dans les milieux paysans. Un homme comme ça, ce n'est pas une vie, c'est un idéal. La seule façon de ne pas l'admirer, c'est de se dire que toute action humaine n'obéit jamais qu'au principe de plaisir. Quand bien même ce serait vrai, man Jeanne a bien le droit de décider que telle application du principe de plaisir mérite qu'elle lui verse du pissat de chatte sur la tête, et telle autre qu'on se courbe devant une belle personne. On décide tous. Dans les milieux estudiantins, nous avions décidé que cet homme était un héros. Même la bande à Wodné qui ne peut vivre sans médire et veut croire que le monde commence avec eux, finit avec eux. En cela ils ne sont guère différents de la clientèle du "Kannjawou". Tout mène à eux. Le vieux est arrivé, accompagné d'un costaud beaucoup plus jeune que lui. Finalement, les héros sont des gens très simples. On ne les reconnaît pas à leur façon de marcher. Il n'a pas dit que sa jeunesse il l'avait sacrifiée, que si nous pouvions bénéficier du droit de parler haut, c'était parce que d'autres s'étaient battus, avaient souvent perdu, gagné un peu. Il a dit simplement que le petit professeur était un compagnon de lutte qui l'avait beaucoup aidé personnellement et avait beaucoup fait pour le mouvement. Son ami. Son compagnon. Il était fier d'avoir contribué à sa formation. Qu'il n'était pas parti sans avoir rien laissé. Qu'il avait travaillé longtemps sur une histoire de la gauche et des mouvements progressistes. Les conquêtes. Les erreurs. Le petit professeur avait fréquenté le Centre. Pour cela, le vieil homme estimait que nous avions le droit de savoir. Les enfants, surtout. Il l'avait connu alors qu'il était tout jeune et débutait dans l'enseignement.

Le petit professeur – lui aussi l'avait appelé comme ça – était venu à lui et lui avait posé une seule question : "Comment faire pour être utile ?" Il lui avait répondu qu'il était déjà utile par sa profession. Et le petit professeur avait souri : "On n'est jamais assez utile." Le vieux voulait simplement nous dire cela. S'excusait de nous avoir pris de notre temps, et de ne pouvoir ni vouloir entrer dans les détails. Un rebelle a crié que le suicide est toujours lâche, qu'un militant n'abandonne jamais le combat. Le vieux s'est levé. Il a marché calmement vers le gueulard. Le costaud voulait le suivre. Il lui a fait signe de rester à sa place. Il a posé sa main sur l'épaule de l'excité. "Tu sais comment on devient un militant ? Faut commencer par être humain. Et un humain, ça parle des autres en s'excusant."

Je n'ai pas accompagné Popol mercredi. Joëlle a voulu qu'on se voie, qu'on discute, elle et moi. Je lui ai donné rendez-vous au Champ-de-Mars, là où des marchandes de bière, de liqueurs fortes et de poulets rôtis ont installé leur commerce et des chaises. L'immense bar au grand air de la place des Héros. Elle est arrivée, vêtue de la robe qu'elle portait lorsque le petit professeur nous avait invités tous les quatre. Tous les cinq. Mais Wodné avait décliné. C'est vrai qu'elle peut être belle. Ou jolie. Je ne saisis pas toujours la nuance. Mais, au premier regard, elle est plus attirante que Sophonie. Quelque chose dans ses yeux. Comme une lune. Une rêverie. Je lui ai proposé une bière qu'elle a d'abord refusée. Méchant, je lui ai dit que son maître n'était pas là, qui ne buvait jamais d'alcool. Était-elle si bien dressée qu'elle se sentait obligée d'obéir à ses consignes, même en son absence ? Je cherchais sa colère pour lui cracher la mienne. Mais pas de colère. Des mots dits d'une voix lasse, plate, sans force. "Je ne sais pas pourquoi je fais ou ne fais pas les choses. Au début, avec Wodné, j'ai vraiment cru que nous allions changer le monde, faire pousser des fleurs à la rue de l'Enterrement, inventer une justice. Je l'ai cru. Ou j'ai fait semblant de le croire. Et rien ne pouvait, ne devait s'immiscer entre nous. Rien. Ni les gens, ni les choses. Je ne sais plus aujourd'hui en quoi je crois. Sans doute à rien. Mais on s'accroche à ce qu'on croit avoir, aux habitudes qui deviennent comme une nature. Je sais que tu détestes Wodné. Moi aussi, je le déteste à mes heures. Je sais aussi que tu me méprises. À tes yeux, l'héroïne c'est Sophonie. Celle qui s'est sacrifiée pour la petite sœur, pour son père. Celle qui ne demande jamais rien. Ne se fâche pas. Ne pleurniche pas. Égale à elle-même. Je sais ce que je lui dois que je ne pourrai jamais rembourser. Jacques, il voulait donner. Et je n'ai pas su prendre, parce que je ne sais pas comment rembourser. Wodné, il a eu peur. Je donne du courage à sa peur, et je n'ai rien à rembourser. Il a toujours eu peur. Quand la tempête nous a surpris dans le cimetière, il ne vous a pas montré sa peur. Mais à moi il a avoué. Quand on a peur, il faut qu'on règne. Alors il veut régner. Sur moi. Sur le Centre. Sur la rue. Et quand Jacques est arrivé, il a eu encore plus peur que le jour de la tempête au cimetière. Et moi, je ne savais pas comment prendre ce don, cette tendresse venue d'ailleurs. Et Wodné et ses amis ne cessaient de me dire : n'y va pas. Pourquoi t'aimerait-il ? Pourquoi nous aimerait-il ? La vie, c'est rue contre rue, quartier contre quartier. J'ai choisi leur peur. Par paresse. Par habitude. Tu crois que je suis la servante de Wodné. Tu te trompes. C'est la rue de l'Enterrement, notre maîtresse à tous les deux. Tout ce qui n'est pas elle n'est pas nous. Il y a tant de choses qui séparent les gens qu'on a fait notre essence de la peur d'abolir les frontières. Je sais que tu ne me pardonneras pas la mort de Jacques. Moi, je ne sais pas si je me pardonne. Je vous envie. Vous existez. Toi, tu te réfugies dans tes romans. Wodné, la rue, c'est son royaume. Et je fais partie du royaume. Et moi je suis lâche. Sophonie et Popol, ils ont la force. Naturellement. Moi, je ne sais pas comment exister ici. À la rue de l'Enterrement, il y aura toujours les mêmes choses, la même vie. Jeanne et sa chatte. Des espérances qui virent au mensonge. Le grand cimetière et les cortèges qui défilent. Et les vivants qui ressemblent à des morts. Moi, je veux partir, voir ailleurs. Me libérer de tout ça. De vos reproches. Des peurs de Wodné. De ce vide en moi. De ce pays. De toutes les façons, il n'est plus à nous ce pays. Avant, c'était notre merde. Maintenant, les autres viennent ajouter la leur, planter leurs drapeaux, élaborer leurs plans. Un jour, tu verras, ils nous diront même où enterrer nos morts. Moi, je ne sais pas comment exister ici. Alors je laisse les choses être et ne décide pas. Un jour j'irai ailleurs et j'existerai. Peut-être." Elle a accepté la bière, et après la première gorgée : "Je ne savais pas pour Jacques. Je ne pensais pas qu'il en souffrait autant." Je ne lui ai pas demandé ce qu'elle aurait fait si elle avait su. Si elle se rappelait du temps où elle disait : *C'est pas bien d'avoir peur.* Du jour où elle nous avait fait voir, toucher, sentir le milieu du vent. Le silence entre nous. D'autres voix emplissant la nuit. Le désespoir d'un vieux s'étant fait tromper une énième fois par une énième épouse. "Allez. Je t'offre la première bière. À ton âge tu devrais savoir que tu n'es pas né pour rencontrer des femmes fidèles. Et puis, pourquoi est-ce qu'une femme ne ferait ça qu'avec toi ?" Un prédicateur lisant dans le Livre des Juges : "Que le peuple l'emporte sur les puissants ; que pour moi le Seigneur l'emporte sur les héros !" Une prostituée interrompant sa harangue en lui criant : "C'est bien toi, je me souviens de ta gueule. De ta bite aussi. La dernière fois, tu es parti sans payer. Alors, il n'est jamais trop tard pour bien faire." Le prédicateur faisant semblant de ne pas la voir ni l'entendre, continuant : "Que périssent ainsi tous tes ennemis, Seigneur, mais que tes amis soient comme le soleil quand il s'élance dans sa force." Et la prostituée : "Toi, l'ami du Seigneur, je veux mon argent." Le prédicateur se tournant vers elle : *"Vade retro, Satanas."* Et les marchandes et les clients, choisissant leur camp : "Il ment. – Non, c'est elle qui ment." Et les voitures blindées des forces d'Occupation, faisant leur ronde inutile. "Qu'est-ce que tu crois qu'il aurait aimé ?" J'ai mis du temps à entendre la question. Je regardais passer les blindés. "Que tu danses. Enfin, je crois. – Alors, viens." Nous sommes allés au bar où nous avait invités le petit professeur. Moi aussi, je suis malhabile. J'ai essayé, comme aurait sans doute fait celui que j'ai envie d'appeler mon maître, sans savoir si j'ai vraiment appris quelque chose de lui. Nous avons aussi tenté quelques phrases sur nos projets de mémoire respectifs. Pourquoi parlait-elle si peu du sien ? Ce n'était pas qu'elle n'eût pas d'idées, mais comme elle était toujours avec des gens qui parlaient tout le temps, elle les laissait faire. Nous sommes restés une demi-heure. Nous savions que les minutes allaient s'égrener comme une menace sur la magie. Nous sommes sortis. Dehors, il y avait Wodné. Elle est allée vers lui. Elle lui a flanqué une gifle en criant : "Je t'avais pourtant demandé de ne pas me suivre." Puis ils sont partis ensemble. Moi, j'ai erré vers des quartiers inconnus. La ville est grande, et je veux croire qu'elle m'appartient.

Anselme est mort. Wodné avait fait venir un médecin, un ami d'un ami, et paraissait très fier d'avoir contribué à je ne sais trop quoi. Après un bref examen, le médecin a dit : "C'est la fin", et il est parti. Une heure avant lui, man Jeanne avait dit la même chose. Mais elle est restée pour faire le nombre. Dans son délire, Anselme a peut-être pris les six personnes l'entourant dans sa chambrette pour une foule venue, le temps d'un dernier kannjawou, le féliciter pour ses accomplissements. Peut-être prenait-il man Jeanne pour une mambo* officiant de son siège, ses filles pour les hounsis*, Popol, Wodné et moi, pour les notables venus des communautés voisines porter des messages de paix et participer à la fête. Le délire nous délie, et chaque chose peut en devenir une autre plus utile à nos rêves. Peut-être voyait-il, dans les petits pots de plantes que Sophonie avait posés sur le bord de la fenêtre et prenait soin d'arroser tous les jours, d'immenses mapous* qu'aucun nordé, aucune tempête, aucune sécheresse ne pouvait abattre. Peut-être était-il retourné dans des temps que lui-même n'avait pas connus, au début de la première Occupation, à l'époque où, comme le dit man Jeanne, les cours d'eau n'étaient pas encore des souvenirs dont il ne reste que les noms, mais une bienfaisance qui mouillait jusqu'au cœur des pierres et les rendait plus tendres. À l'époque où les perruches et les agoutis, les effraies et les margouillats défiaient le règne de l'homme et se montraient à lui, si nombreux qu'ils n'avaient pas peur. Anselme est mort. Sans autre fête que dans ses rêves. Il n'y a pas eu de cérémonie religieuse. Les filles se sont entendues sur ce point. Il n'y aura pas non plus de voyage. Cela aurait coûté trop cher de l'enterrer sur la terre de son enfance, dans la région de l'Arcahaie. C'est triste pour les vivants de ne pas avoir les moyens d'honorer la volonté des morts. Cela a été fait très vite, le lendemain de son décès. Tôt le matin, un bref passage dans une maison funéraire pour le préparer. Et retour chez lui pour l'exposition. Halefort est venu, et quelques-uns de ses hommes. Man Jeanne. Joseph le relieur, et Jasmin le cordonnier. Et les gamins du quartier. Hans et Vladimir à leur tête. Beaucoup de monde. Les petits commerçants. Les voisins. Les personnes âgées qui savent que c'est bientôt leur tour. Géralda, la tireuse de cartes dont le commerce avait prospéré depuis la maladie d'Anselme, qui avait amené avec elle d'autres représentants de la profession. La distance n'est pas grande entre la maison et le cimetière. Halefort et ses hommes ont dit que c'était à eux de porter le cercueil jusqu'à la tombe. Et ce sont eux qui l'ont scellée, préparé le mortier et placé les briques. Halefort a ensuite écrit quelque chose avec son index dans le mortier en train de sécher. Une heure après, on pouvait lire : PINGA, *Pas touche*, en grosses lettres maladroites comme des bâtonnets d'enfant. Mais ce cercueil-là, à part les mites, personne n'y touchera. La rue était animée, toutes portes ouvertes.

Suspendus sur les toits d'immeubles en vis-à-vis, bataillant fort avec le vent, deux groupes d'enfants, avec pour chefs Hans et Vladimir, avaient accroché une banderole : "Ton Anselme, nous ne t'oublierons pas", Man Jeanne et d'autres femmes servaient devant chez elles du café ou du thé à qui en voulait. Accompagné d'une tartine de pain doux et de beurre d'arachide. C'est une drôle de rue que la rue de l'Enterrement. Peut-être ne sait-elle pas, comme le dit Joëlle, aider les gens à vivre, mais depuis le temps qu'elle voit passer les morts des autres rues, elle se donne le droit de réserver aux siens un traitement de faveur.

Depuis la mort d'Anselme, man Jeanne se plaint de sa bonne santé. Elle dit qu'elle n'aime pas voir mourir les jeunes. Anselme, pour elle, c'était un peu un jeune, comme tous ceux qui n'ont pas connu la période de la première Occupation. Mais cela faisait dix ans qu'Anselme n'arrêtait pas de mourir, ne bougeant plus de son lit. Mourir n'est pas toujours le pire. Le soir de la mort d'Anselme, après le départ de man Jeanne, nous nous étions retrouvés, les cinq, seuls avec le défunt. Mais il ne participait pas à la conversation silencieuse entre nous. Les cinq, ensemble. C'était la première fois depuis longtemps. Et probablement la dernière. Ces choses-là, on les sait sans avoir besoin de se les dire. Depuis, en ce qui a trait au général, les protestations augmentent contre la présence des forces d'Occupation. Les primes de risques en deviennent plus importantes, le personnel se renouvelle, et la vie continue. Pour ce qui est de notre vie à nous, petite part de l'ensemble, Popol a pris la direction du Centre culturel. Il a plein de projets et a réussi à mobiliser du monde, faisant ainsi augmenter le nombre d'activités. Il fait venir des artistes, des chercheurs issus d'autres quartiers, d'autres milieux, et cela fait plaisir aux membres de voir de nouvelles têtes, d'entendre d'autres voix. Quand l'autre ne vient pas vous tuer ni vous faire la leçon, on peut être pauvre et accueillant. Il organise aussi des sorties. Et quelques gamins de notre rue ont pu voir la mer de plus près. Le matin, il donne toujours des cours dans les collèges et les lycées. Ça paye mal et il faut courir d'une école à une autre. L'après-midi, son corps est déjà fatigué. J'ignore combien de temps son énergie et ses convictions lui permettront de tenir. Sophonie a laissé la maison familiale à Joëlle. Pour modeste qu'il soit, la petite maison et quelques gourdes* sur un vieux carnet d'épargne, elle préfère vivre sans héritage. Elle s'est installée avec Popol, mais vu leurs occupations, ils se voient surtout le mercredi. Sophonie travaille désormais pour une association de femmes et se rend souvent en province et dans les quartiers difficiles. Le mercredi, elle donne un coup de main au "Kannjawou". Popol va la chercher, comme par le passé. Il y a toujours autant de monde. Monsieur Vallières s'y rend toujours, mais il parle de moins en moins et on a du mal à comprendre les mots qu'il prononce. Il doit rager à l'intérieur, lui qui s'est toujours plaint d'avoir des fils qui ne maîtrisent pas les phrases complexes et articulent mal. Le patron boit son whisky aussi sec qu'autrefois et répond de moins en moins au téléphone. Moi, je loge chez man Jeanne. À sa demande. "Il faut laisser de la place aux amoureux." Mais ces amoureux-là invitent souvent les autres à partager leur repas. Et si un soir, une jeune femme se sent mal dans la rue, ne sachant que faire d'elle-même, ils lui feront une place sans rien demander en retour. Et je crois que man Jeanne, elle est fatiguée de ne causer qu'avec sa vieille chatte. Le petit professeur lui manque. C'est un peu sa place qu'elle me demande de prendre. Nous nous parlons beaucoup le soir. Joëlle travaille sur son mémoire pour obtenir sa bourse, "partir et exister". Cela fâche Wodné qui fait la même chose sans oser se l'avouer. Il parle toujours autant, distribue des concepts et des notes, et n'arrête pas de faire des choses à ses cheveux pour trouver une identité. Quand je le croise, je souris à l'idée qu'il avait fait sur lui, quand les vents nous avaient rapprochés des morts. Quel mal que la peur ! J'espère que Joëlle terminera la première, obtiendra sa bourse et le laissera à ses peurs. Si c'est lui qui part le premier, elle souffrira d'avoir tout sacrifié à un geôlier qui ne pensait qu'à s'échapper. Mais je ne sais toujours pas si Joëlle sait souffrir. Moi, dans ma chambre, chez man Jeanne, le soir, je griffonne des choses. Je n'écris plus sur les banques et les rues de la vieille ville, le cimetière et ses occupants. Je ne soumettrai pas de mémoire ni de thèse à un quelconque jury. J'ai pris contact avec monsieur Laventure. Il me propose de l'appeler autrement, d'éviter tout cérémonial, mais je ne peux pas m'en empêcher. Je fais toujours la lecture aux enfants. Lorsque cela m'arrive de n'avoir pas préparé ma lecture et de devoir improviser, le soir je confesse à man Jeanne que, pris de court, j'ai raconté plein de sottises aux petits, en mélangeant tout. Elle me reproche de ne pas donner assez de crédit à l'intelligence des enfants. S'ils l'apprécient, ton histoire, c'est qu'elle est bonne. Elle me conseille de l'écrire cette histoire et de la faire, cette fête. J'ai pris l'habitude d'aller boire une bière dans un bar après l'échange avec man Jeanne. Pas loin de notre rue. Mais où entrent de temps en temps des personnes que je ne connais pas. Et chaque fois que la porte s'ouvre sur un nouveau visage, je me dis : faudrait la faire, cette fête. Oui, man Jeanne, faudrait la faire. Mais avec qui ? Avec qui ?

C'est vrai que l'histoire que je bricole aux enfants en convoquant des personnages rencontrés dans mon enfance et dans la bibliothèque du petit professeur, en les associant aux "vraies personnes", semble leur plaire. À moi, elle me plaît. À man Jeanne aussi. Qui applaudit. Corrige. Même si je n'ose pas trop y croire. Une histoire sans fin et toujours changeante que j'intitule *Kannjawou*. Qui change de pays, de ville, de village. C'est une histoire de partout. On y voit des humains. Chaque front est orné d'une corne d'abondance. Les cimetières, toujours, deviennent des jardins. Et personne n'ordonne, personne n'exécute. Et toutes les frontières sont ouvertes à qui les passe avec les mains ouvertes et le cœur sur la main. Et tout finit par une grande fête qui a beaucoup de noms. Ici, nous l'appelons kannjawou. Et défilent les personnages. Je vois Joëlle et Sophonie sortir ensemble de l'eau. Toutes les Joëlle et toutes les Sophonie de toutes les rues de toutes les villes, avançant libres. Et des petits Wodné libérés de leurs peurs et de leur solitude. Des Popol, Hans et Vladimir dessinant des villes habitables, avec suffisamment de place pour les amoureux. Suffisamment de bonheur pour que chacun puisse dire à l'autre, du bonheur j'en ai suffisamment pour deux. Alors, tiens. Si t'en veux, je t'en donne. Je vois Hans et Vladimir enseigner aux soldats que c'est mieux de faire des ronds dans l'eau, de jouer à la toupie que de débarquer chez les autres avec des bombes et des fusils. Leur dire : Si tu veux être brave, viens. Suis-moi. Je t'emmène au milieu du vent. Et Anselme qui regrette moins d'avoir perdu des terres qu'il voulait pour lui tout seul que de ne les avoir partagées avec les gens de l'Arcahaie. Et les tambours. Et les *vaccines*. Et monsieur Régis entraînant Isabelle : Arrête de veiller sur tes sous. Lâche-toi. Viens. Dansons. Je t'aime. Et toutes les Sandrine allant d'une ville à l'autre, non pas pour conquérir ni pleurnicher sur leurs petits malheurs mais pour la joie. Invitées à la fête à condition, toujours, de réciprocité. *Ainsi font, font, font* les humains, les humaines. Une grande fête à parts égales. Et monsieur Vallières : "Fini l'alcool triste. Je veux boire à l'alcool des fêtes. Supérieur. Inférieur. C'est des conneries, tout ça." Et moi, petit scribe parmi les scribes, consignant dans des carnets le bonheur de la multitude. Et le petit professeur lançant de sa bibliothèque des livres de fêtes aux passants. Et Joëlle et Sophonie, encore, toujours. Je les regarde. Elles sourient. Je vous aime. Je vous aime.

GLOSSAIRE

Syllabaire : livre de méthode de lecture, à la couverture grise, très populaire autrefois dans le système scolaire.

Akasan : boisson à base de lait, de farine de maïs, de vanille et de cannelle, très prisée en milieu populaire et constituant à elle seule le petit-déjeuner.

Charlemagne Péralte (1895-1919) : chef de la résistance militaire à l'Occupation américaine d'Haïti (1915-1934). Capturé et exécuté par l'armée américaine, son corps fut crucifié sur une porte et photographié. La photo fut reproduite par le commandement militaire à des milliers d'exemplaires largués par hélicoptère sur le territoire haïtien. Autre mesure exemplaire du commandement militaire américain, la fosse dans laquelle il fut jeté avait été creusée à au moins dix pieds du sol.

Babaco : synonyme de kannjawou.

Bokor : prêtre du vodou.

Mambo : prêtresse.

Hounsis : chœur des femmes dans le rituel vodou.

Gourde : monnaie nationale d'Haïti.

Piastre : autre nom de la monnaie haïtienne.

Mapou : arbre géant, famille du baobab.

Vaccines : instruments à vent.

OUVRAGE RÉALISÉ
PAR L'ATELIER GRAPHIQUE ACTES SUD
ET ACHEVÉ D'IMPRIMER
SUR ROTO-PAGE
EN NOVEMBRE 2015
PAR L'IMPRIMERIE FLOCH
À MAYENNE
POUR LE COMPTE DES ÉDITIONS
ACTES SUD
LE MÉJAN
PLACE NINA-BERBEROVA
13200 ARLES

DÉPÔT LÉGAL
1re ÉDITION : JANVIER 2016

N° impr. : 89031

(Imprimé en France)